The stories of the Kosoado woods.

ぬまばあさんのうた

岡田 淳

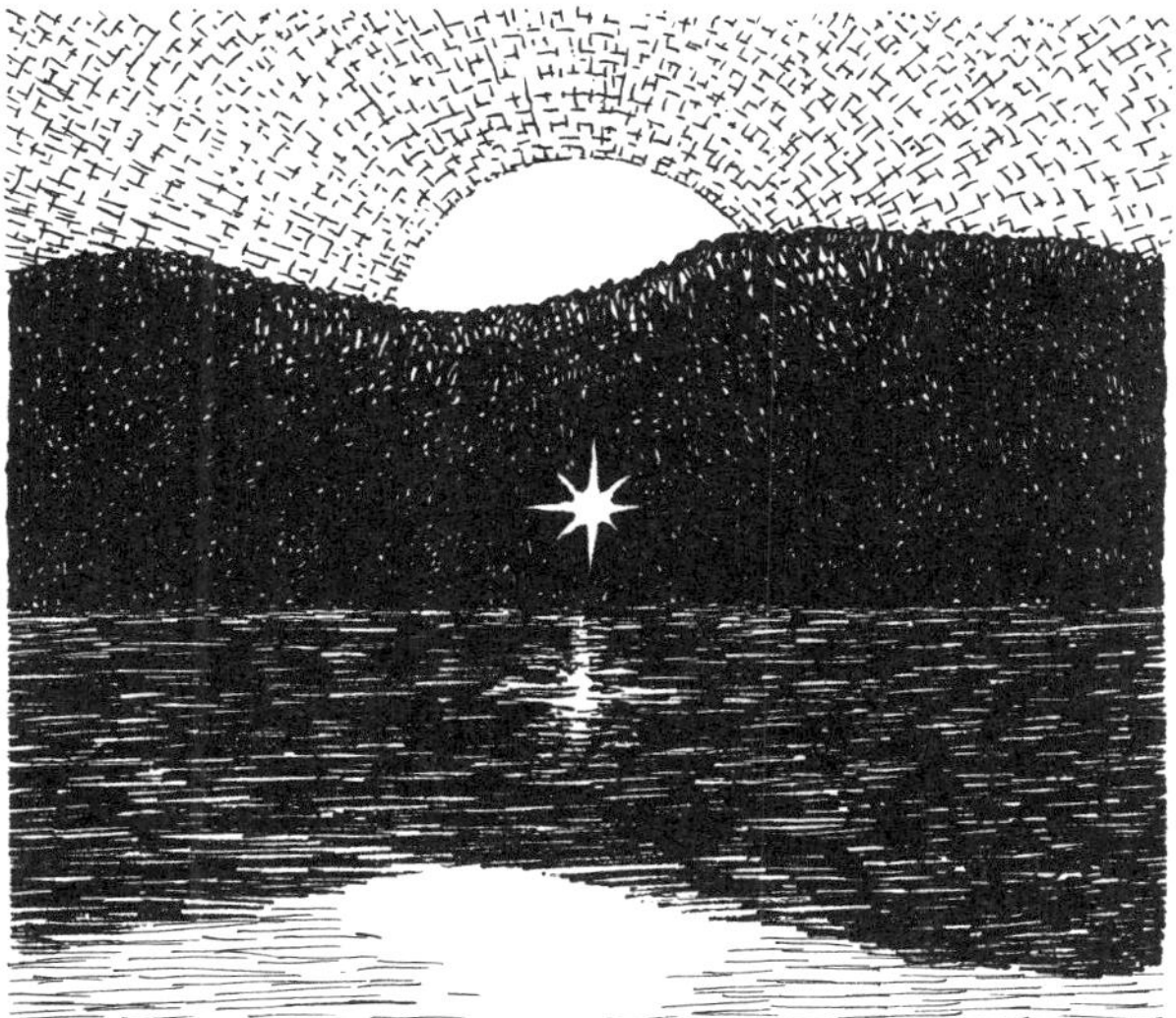

理論社

紅茶《こうちゃ》とクッキーと
キャンデーを用意《ようい》して
いちばん上《うえ》の
部屋《へや》に
いくところ。

湖《みずうみ》の東《ひがし》のはしの島《しま》に
ある巻貝《まきがい》の形《かたち》 
の家《いえ》に
すんでいる。

《ふたご》

たのしいことが
大好《だいす》きで、自分《じぶん》たちの
名前《なまえ》もときどきかえる。
ちょうど今《いま》、ふたりの名前《なまえ》は
クッキーとキャンデーになった。

こそあどの森《もり》に すむひとたち

ポットさんとトマトさんは夫婦《ふうふ》。
湯《ゆ》わかしの家《いえ》 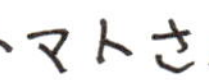 にすんでいる。

《ポットさん》

ふたりはお客《きゃく》さんを
よぶのが好《す》きで
湯《ゆ》わかしの家《いえ》には
十二人ものひとが席《せき》に
つけるテーブルと椅子《いす》が
ある。
そのうちのひとつは
トマトさんがすわる
椅子《いす》で、大《おお》きい。

《トマトさん》

トワイエさんは 作家《さっか》。
嵐《あらし》でとんできて
木《き》の上《うえ》にのっかった
屋根裏部屋《やねうらべや》に
すんでいる。
物語《ものがたり》づくりが
はかどらないときもある。

《トワイエさん》

《スキッパー》

ウニをのせた 船《ふね》のような 家《いえ》、ウニマル に、博物学者《はくぶつがくしゃ》のバーバさんとすんでいる。でもバーバさんは、よく旅《たび》に出《で》るので、ひとりぐらしには なれている。

スミレさんとギーコさんは 姉《あね》と弟《おとうと》。
スミレさんは 詩《し》が 好《す》き。 ギーコさんは無口《むくち》な大工《だいく》さん。
ふたりはガラスびんの家《いえ》 にすんでいる。すぐ近《ちか》くに
クルミのからの形《かたち》の 作業小屋《さぎょうごや》 がある。

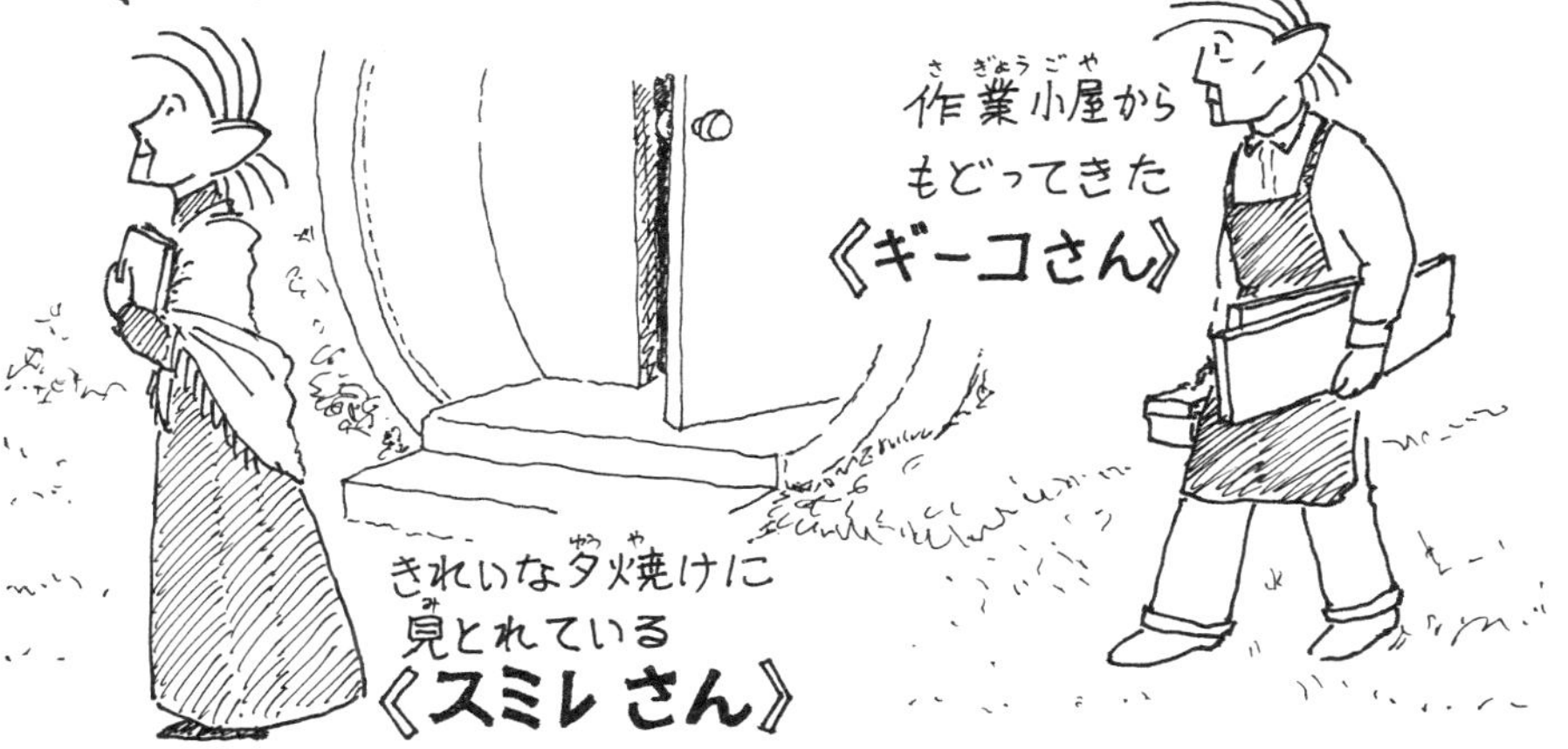

《ギーコさん》

《スミレさん》

もくじ

絵・岡田淳

1　スキッパーは石を握《にぎ》ってみる

秋もふかまった、ある日のことです。

ウニマルの甲板《かんぱん》の、はりだした手すりに腰《こし》をかけて、スキッパーは目を閉《と》じていました。両手《りょうて》をひざの上で握《にぎ》りあわせているように見えます。でもほんとうは、その手のひらのあいだに、丸い小石がはいっているのです。

小石を握《にぎ》りしめて目を閉《と》じているのには、わけがあります。一週間ほど前にとどいた、バーバさんからの手紙に書いてあったことを試《ため》しているのです。博物学者《はくぶつがくしゃ》のバーバさんは、いま、西の大陸《たいりく》に、古くからすんでいる人たちのくらしをしらべに行っています。

こんな手紙でした。


スキッパー、元気にしていますか？ わたしは元気です。

きょうあなたに手紙を書こうと思ったのは、とてもおもしろいことをしったからです。きっとあなたは興味《きょうみ》をもつと思います。

いまわたしがおせわになっている村には、石読《いしよ》みをする子がいます。

その子は石を持《も》ったり岩に手をあてたりすると、一瞬《いっしゅん》のうちに、石や岩の記憶《きおく》が読みとれるのだそうです。石や岩の記憶《きおく》が自分のものになる、といったほうがいいかもしれません。

村のひとは、なにかこまったことがあると石読みのところへ相談《そうだん》に行きます。すると石読みはその場所《ばしょ》に出かけて行き、適当《てきとう》な石に手を当てて、その石の記憶《きおく》から、必要《ひつよう》なことを告《つ》げるのです。たとえば、イノシシの猟《りょう》をしようとするひとに、

「イノシシは最近《さいきん》このあたりは通っていない」

とか、落《お》としものをしたひとに、

「ここに落《お》ちていた首飾《くびかざ》りは、こんな男がひろってくれた」

というようにです。こんな子がいるおかげでしょうか、村のひとは正直者《しょうじきもの》ばかりです。もしもうそをついても、どこかから石が見ていますからね。

わたしは石読みと話しました。石読みの話では、どの石でも読めるとはかぎらな

いそうです。昔《むかし》のことでもはっきりとおぼえていてくわしく語ってくれる石、最近《さいきん》のことなのに気分しか伝《つた》えてくれない石、無口《むくち》な石、陽気《ようき》な石と、いろいろあるのだそうです。

でも石読みができるのは子どものときだけで、年をとると、まったくというわけではありませんが、できにくくなるのだといいます。

おもしろい話でしょう。

雪がふりだす前にこそあどの森にもどるつもりです。ではまた。

イシストン村　村長コロさん宅《たく》にて

十月　十日　　バーバより

バーバさんが予想《よそう》したとおり、スキッパーはこの話にとても心をひかれました。

そして、さっそくやってみました。

とりあえず、ウニマルのまわりにころがっていた石をひろってきました。そして手に握《にぎ》りしめ、いっしょうけんめい石の記憶《きおく》を読みとろうとしました。

――さあ、石。語《かた》って。さあ……。

心のなかでそう呼《よ》びかけても、石はなにも語《かた》ってくれません。しつこく呼《よ》びかけるのがいけないんじゃないかな。なにも考えないでいたらどうだろう。心をからっぽにしていれば、石の記憶《きおく》のほうから流《なが》れこんでくるんじゃないかな。つぎにはそう考えました。

そこで心をからっぽにしようとしました。けれどこれがまたむずかしいのです。からっぽ、からっぽ、ということばが頭のなかいっぱいになったり、風に鳴る枝《えだ》や葉《は》の音を、いっしょうけんめいに聞いていたりするのです。

もしかしたら、この石って無口《むくち》なんじゃないかな。スキッパーは石をとりかえることにしました。

森のあちこちから石をひろってきては試《ため》しました。湖《みずうみ》のそばの石、ウサギ広場の石、湯《ゆ》わかしの家の前の石、泉《いずみ》のそばの石……。

ただ握《にぎ》るのではなく、握《にぎ》った手を頭にあてる、胸《むね》にあてるということもやってみました。どれもだめです。

どうやら、こそあどの森には無口《むくち》な石が多いのではないかと思えてきました。でもやめられません。つぎに試《ため》す石がおしゃべりな石かもしれないからです。

きょう握《にぎ》っているのは、トワイエさんの家の前の川辺《かわべ》でひろってきた石です。一週間もこんなことばかりやっていると、心をからっぽにするというのが、すこしじょうずになったような気がします。

背筋《せすじ》をのばして、でも身体《からだ》の力はぬいて、ゆっくりと深《ふか》い息《いき》をお腹《なか》でするようにします。これはなにかの本に、気持《きも》ちを落《お》ち着《つ》かせる方法《ほうほう》として書いてあったのです。

そして石を手と手のあいだにはさんでいると、はじめは冷《つめ》たかった石が、いつのまにか冷《つめ》たくなくなってきます。そこに石がないようにさえ思えてきます。石と自分がいっしょになった気分《きぶん》です。

その日も、そうしてじっと待《ま》っていました。すると心に、川の景色《けしき》がぱっとうかびました。一瞬《いっしゅん》、やったぞ、と思いましたが、すぐにそれは、スキッパーが見たことのある景色《けしき》を思い出しているだけだ、ということがわかりました。スキッパーの目の高さから見た景色《けしき》だったからです。石が記憶《きおく》している景色《けしき》なら、石の高さから見た景色《けしき》のはずです。そんな理屈《りくつ》を考えてしまうと、もう、心はからっぽではありません。やりなおしです。

どのくらい時間がすぎたでしょう。スキッパーは目の前が赤くなっているような気がしました。

目の前が赤いのは、スキッパーが思いうかべたことではありません。とすれば、いよいよ石の記憶《きおく》がやってきたのです！　胸《むね》がどきどきしてきます。この赤い色はなんだろう。石はなにを見たのだろう。火事《かじ》？　血《ち》？　まさか……！　色だけでしょうか。形はないのでしょうか。音は聞こえないのでしょうか。

そのとき、手と手のすきまから石が落《お》ちました。石は甲板《かんぱん》にあたって、かたい音をたてて、ころがりました。それなのに、赤い色は続《つづ》いています。

――……どうしてだろう。

石にさわっていないのに感《かん》じる赤い色は、この石とは関係《かんけい》がない、ということでしょうか。スキッパーはゆっくり目をあけました。夕焼《ゆうや》けです。空がまっかになっていました。

――なァんだ……。

石の記憶《きおく》ではなかったのです。でもがっかりしたのはほんの一秒《びょう》ほどです。

――すごい……！

こわいほどの夕焼《ゆうや》けに、スキッパーは、はりだした手すりに寝《ね》ころがりました。世界全体《せかいぜんたい》が夕焼《ゆうや》けです。まわりの木々の黄色やオレンジ色の葉《は》まで赤く見えます。

スキッパーは、石を読んでいたこともわすれて、夕焼《ゆうや》けに見入りました。夕焼《ゆうや》け色は、からだのなかまでしみこんでくるようでした。

2　ふたごも夕焼《ゆうや》けを見る

こそあどの森の湖《みずうみ》の、東の岸《きし》に近い島《しま》に、ふたごの家はあります。巻貝《まきがい》の形をしています。家のなか全体《ぜんたい》がらせん階段《かいだん》で、何段《だん》かあがるごとに広い段《だん》があり、それが部屋《へや》になっています。いちばん上の部屋《へや》は、まわりがぜんぶ窓《まど》です。六面《めん》の窓《まど》から、湖《みずうみ》と森が見わたせます。

そのすばらしい夕焼《ゆうや》けのとき、いちばん上の部屋《へや》に、ふたりはいました。紅茶《こうちゃ》とクッキーとキャンデーを用意《ようい》して、夕焼《ゆうや》けをながめていたのです。

西の空だけの夕焼《ゆうや》けならときどきあります。でも東の空まで赤くそまるというのは、めったにありません。それも、まだ太陽《たいよう》がしずんでいないのに空じゅうが赤いのです。

「窓《まど》のガラスが赤くなったみたい」

と、ひとりがいいました。

「そうではない証拠《しょうこ》に窓《まど》をあけよう」

と、もうひとりがいいました。

六面《めん》の窓《まど》をぜんぶあけると、ガラスのためにところどころゆるゆるとゆがんで見えていた景色《けしき》がくっきりとし、赤い色は、前よりもいっそう赤くなったように見えました。

「わたしたち、赤い世界《せかい》にいるみたい」

ひとりがいうと、もうひとりが相手《あいて》の顔やおたがいの手、白いはずのワンピースなどを見ていいました。

「わたしたち、赤いひとになったみたい」

ふたりは赤いスポットライトをあびているように赤くそめられていました。

「太陽《たいよう》がしずんでいく」

「はしっこが山にかかった」

むこう岸《ぎし》の木や山を黒い影《かげ》にして、太陽《たいよう》が半分ほど山にしずんだとき、ふたりは同時に声をあげました。

「あ！」

むこう岸《ぎし》、しずむ太陽《たいよう》のま下、水辺《みずべ》からすこし上ったあたりに、するどくかがやく光が見えたのです。

「なんだろ！」

「光ってる！」

「夕陽《ゆうひ》のかけらが落《お》ちた！」

「そんなの落《お》ちたら森が燃《も》える！」

「じゃあ、夕陽《ゆうひ》の光をなにかが反射《はんしゃ》してる！」

「それはきっと、小さな池！」

「それより、そこに鏡《かがみ》がある！」

いったあとで、ふたりは顔を見あわせました。

「鏡《かがみ》……!?」

もういちど光を見ました。いったん鏡《かがみ》といってしまえば、もう鏡《かがみ》としか思えないほど、くっきりした反射《はんしゃ》の光です。

「きっと、ふしぎな鏡《かがみ》だ！」

「魔法《まほう》の鏡《かがみ》かも！」

「物語《ものがたり》が秘《ひ》められた鏡《かがみ》かも！」

「名前のついた鏡《かがみ》かも！」

「その名前は〈夕陽《ゆうひ》のかけら〉がいい！」

「それにきまった！」

「あした探検《たんけん》に行こう！」

「鏡《かがみ》を見つけに行こう！」

ふたりがうなずきあったとき、光が消《き》え、太陽《たいよう》もしずみました。空は一段《いちだん》と赤味《あかみ》をまし、太陽《たいよう》のまぶしさで見わけがつかなかったむこう岸《ぎし》のようすが、ほんのり見やすくなりました。すると、光が見えたのが湖《みずうみ》のどのあたりだったのか、はっきりわかりました。

「あのあたりって…………」
「そう、あのあたりって…………」
そこでふたりは声をそろえました。
「沼婆《ぬまばあ》さん…………」
前に沼婆《ぬまばあ》さんに出会ったのは、ちょうどそのあたりでした。「沼婆《ぬまばあ》さん」と口に出してしまったからには、沼婆《ぬまばあ》さんの歌をうたわずにはいられません。
ふたりは声をひそめてうたいました。
「〽ぬ、ぬ、ぬ、ぬ、ぬまばあさん
ぬ、ぬ、ぬ、ぬ、ぬまばあさん
いつもいねむり　ぬまのそこ
こどもがくると　でてくるぞ

つかまえられたら　さあたいへん
おおきなおなべで　ぐつぐつぐつ
ぬ、ぬ、ぬ、ぬ、ぬまばあさん
はしるのおそい　ぬまばあさん
あるくのおそい　ぬまばあさん
だからはしれば　にげだせる)」

そうです。前に出会ったときも、ふたりは走って逃《に》げたのです。

「あしたの探検《たんけん》には用心棒《ようじんぼう》をつれていこう」

「それがいい」

だれを用心棒《ようじんぼう》にするか、ふたりは考えこみました。けれど、そんなことでついてきてくれそうなのは、ひとりしか思いつきませんでした。

ふたりはひとさし指《ゆび》を立てて、いっしょにいいました。

「スキッパー」

3　ポットさんは釣《つ》りを思いつく

ポットさんは畑《はたけ》のイモをほり終《お》えたところでした。

腰《こし》をのばして空を見上げると、すばらしい夕焼《ゆうや》けです。

「これはすごい！」

思わず声をあげてしまいました。すこし見とれたあと、

「あしたは釣《つ》りに行くか」

と、つぶやきました。

ポットさんが夕焼《ゆうや》けを見て釣《つ》りを思いついたのは、こういうわけです。

ポットさんは小さいころ、おじいさんといっしょに、よく湖《みずうみ》へ釣《つ》りに行きました。いろいろな季節《きせつ》にいろいろな魚を釣《つ》りました。そして食べましたが、とりわけおいしかったのが秋のマスです。

――秋のマスはな、身《み》が張《は》っているから、ミハルと呼《よ》ばれておるんじゃ。

と、おじいさんは教えてくれました。

こそあどの森の湖《みずうみ》には、ふたつの川が流《なが》れこんでいます。湖《みずうみ》のマスはふだんはあ

ちこちにちらばっていますが、秋になると川が流《なが》れこんでくるあたりに集《あつ》まってきます。秋の終《お》わりに川をさかのぼって、卵《たまご》をうみにいくためです。けれどこの時期《じき》のマスはすこぶる用心深《ようじんぶか》くて、めったにひとに釣《つ》られるようなことはありません。

——ところが、わしはきまりをしっておるんじゃ。まっかっかの夕焼《ゆうや》けのつぎの日にかぎっては、ミハルがエサにくいつくんじゃ。夕焼《ゆうや》けによっぱらったみたいにのう。

おじいさんはそういいました。おじいさんとポット少年は、秋になると、まっかっかの夕焼《ゆうや》けを見るたびに釣《つ》りに行き、ミハルをたくさん釣《つ》りました。たくさんといってもつぎからつぎへと釣《つ》れるわけではありません。じっと釣糸《つりいと》をたれ、ウキを見つめているだけの時間もあります。そんなとき、

——たいくつか?

とおじいさんがたずねます。ポット少年は半分たいくつしているような気分《きぶん》ですが、たいくつとこたえるとおじいさんにわるいように思えてだまっています。するとお

じいさんは、いろんな話をしてくれるのです。

——わしがまだおまえぐらいのときに聞いた話じゃが……

とか、

——わしが釣《つ》ったサカナのなかでいちばん大きかったのは……

とか、

——なあ、この世《よ》でなにが大切かというと……

といった話です。おじいさんは家にいるときにはしゃべらないことを、ウキを見つめながら、ぽつぽつと話してくれました。

おじいさんのいった、この世《よ》で大切なことというのは〈聞くこと〉でした。

——よォく聞くことじゃ。……よォく聞けば、うまくいく。

やがておじいさんが亡《な》くなり、湖《みずうみ》へはポット少年ひとりで釣《つ》りに行くようになりました。秋になって、まっかっかの夕焼《ゆうや》けを見たら、翌日《よくじつ》には、ひとりでミハルを釣《つ》るのです。

ウキが動《うご》かなくなると、どこからか声が聞こえます。

――たいくつか？

もちろん、聞こえたように思うだけです。けれどポット少年はおじいさんがしてくれたいろんな話を思い出します。そして、いつだっておしまいには〈聞くこと〉の話を思い出すのでした。

きょうの夕焼《ゆうや》けを見て、ポットさんはそんなことを心にうかべたのです。そしてそのあとに思いついたのは、この夕焼《ゆうや》けをトマトさんにも見せてあげようということでした。

入り口の扉《とびら》をあけると、トマトさんは床《ゆか》をそうじしていました。トマトさんは床《ゆか》のそうじをはじめると、いつだって熱中《ねっちゅう》してしまいます。ですから、ポットさんが入り口から声をかけるまで、窓《まど》からはいっている光が夕焼《ゆうや》け色だということに、気がついていないようでした。

「トマトさん、トマトさん、ちょっとこちらにきてごらん。すごい夕焼《ゆうや》けなんだ」

トマトさんはいそいで外に出ました。

「んまあ……！」

一年にいちどあるかどうかというほどのみごとな夕焼《ゆうや》けを、ふたりはしばらくだまって見上げました。

「ポットさん」

トマトさんが静《しず》かにいいました。

「おじいさんのこと、思い出していたんでしょ」

「うん」

「じゃあわたしは、あした、香草《こうそう》をとりに行くわね」

ポットさんは夕焼《ゆうや》け色のトマトさんを見上げて、にっこりわらいました。

「うん、たのむよ」

4 トワイエさんはぼんやりする

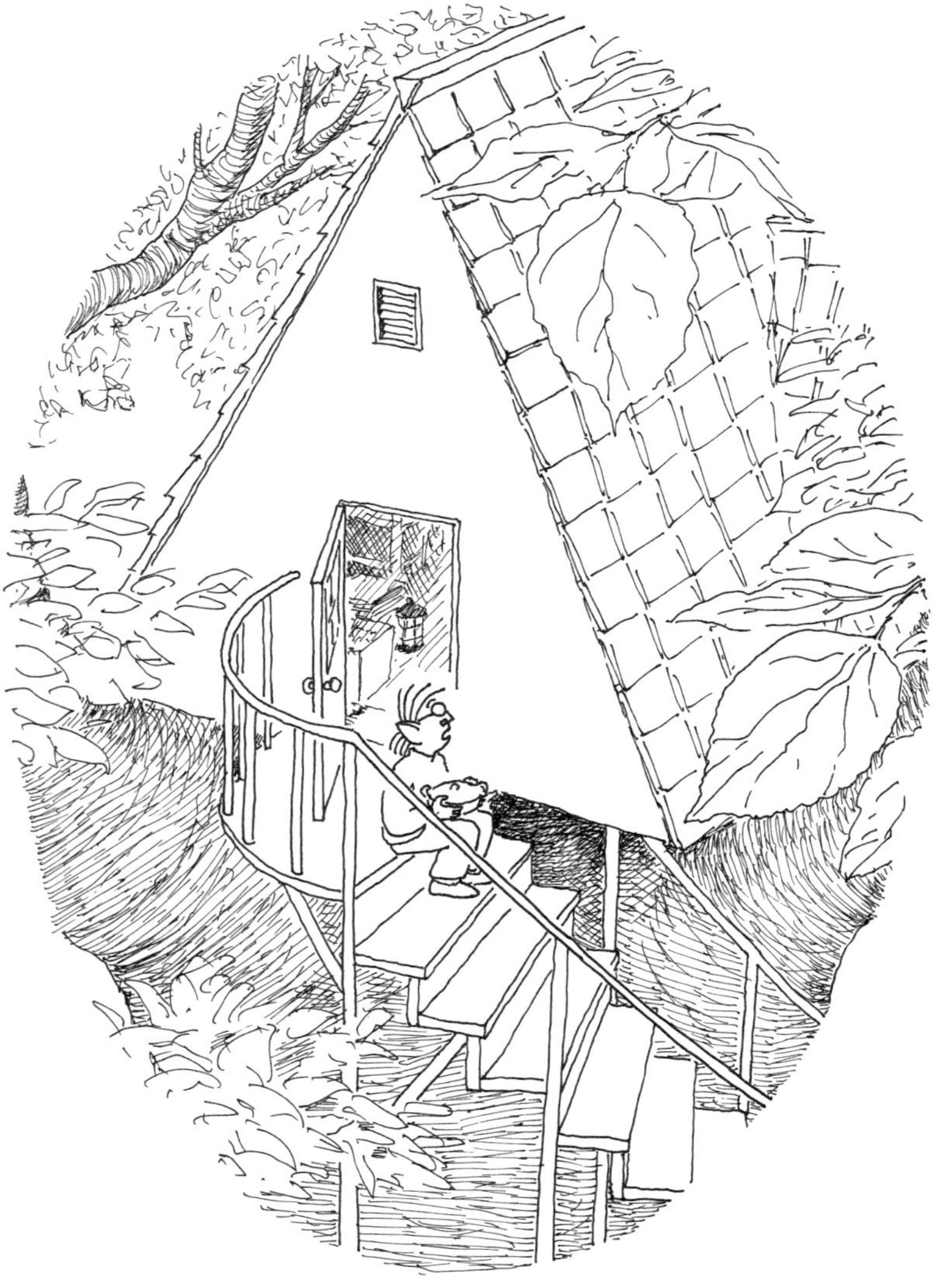

トワイエさんの家は木の上にあって、らせん階段《かいだん》でのぼりおりするようになっています。

秋になると、その木は葉《は》が黄色になります。まわりもおなじ種類《しゅるい》の木ですから、あたり一面《いちめん》ずうっと黄色です。おなじ黄色でも、葉《は》のかさなりや太陽《たいよう》の方向《ほうこう》によって、さまざまな色あいに見えます。ですから、いそいでいないときのトワイエさんは、階段《かいだん》をのぼるときも、おりるときも、一段《いちだん》一段《いちだん》、景色《けしき》に見とれてしまいます。足を止めてしまうこともめずらしくありません。

きのうなど夕焼《ゆうや》けの色がたまらなく鮮《あざ》やかでした。赤くそまった空気のなかで、木《こ》の葉《は》はオレンジ色にかがやいて見え、トワイエさんはおもわず階段《かいだん》にすわりこんでしまいました。

「いや、これは、もう、まったく……」

ことばが続《つづ》きませんでした。ただ見とれるばかりでした。あたりがうす暗《ぐら》くなってから、自分が鍋《なべ》を持《も》ってぼんやり階段《かいだん》にすわりこんでいるのに気がつきました。

下の川に鍋《なべ》を洗《あら》いに行こうとしていたのです。

今朝《けさ》もそうです。

歯《は》をみがきに行こうと階段《かいだん》をおりているとちゅうで、

「ああ……」

といったきり足が止まってしまいました。

朝日に透《す》ける葉《は》が黄金色にきらめいて見えました。十分か十五分そのまま立っていました。それから幹《みき》を半周《はんしゅう》まわっておりたところでも、

「おお……」

こんどは朝日を背《せ》からうける形になり、光を照《て》り返《かえ》す葉《は》に見とれたのです。

トワイエさんは、泉《いずみ》で歯《は》をみがきます。

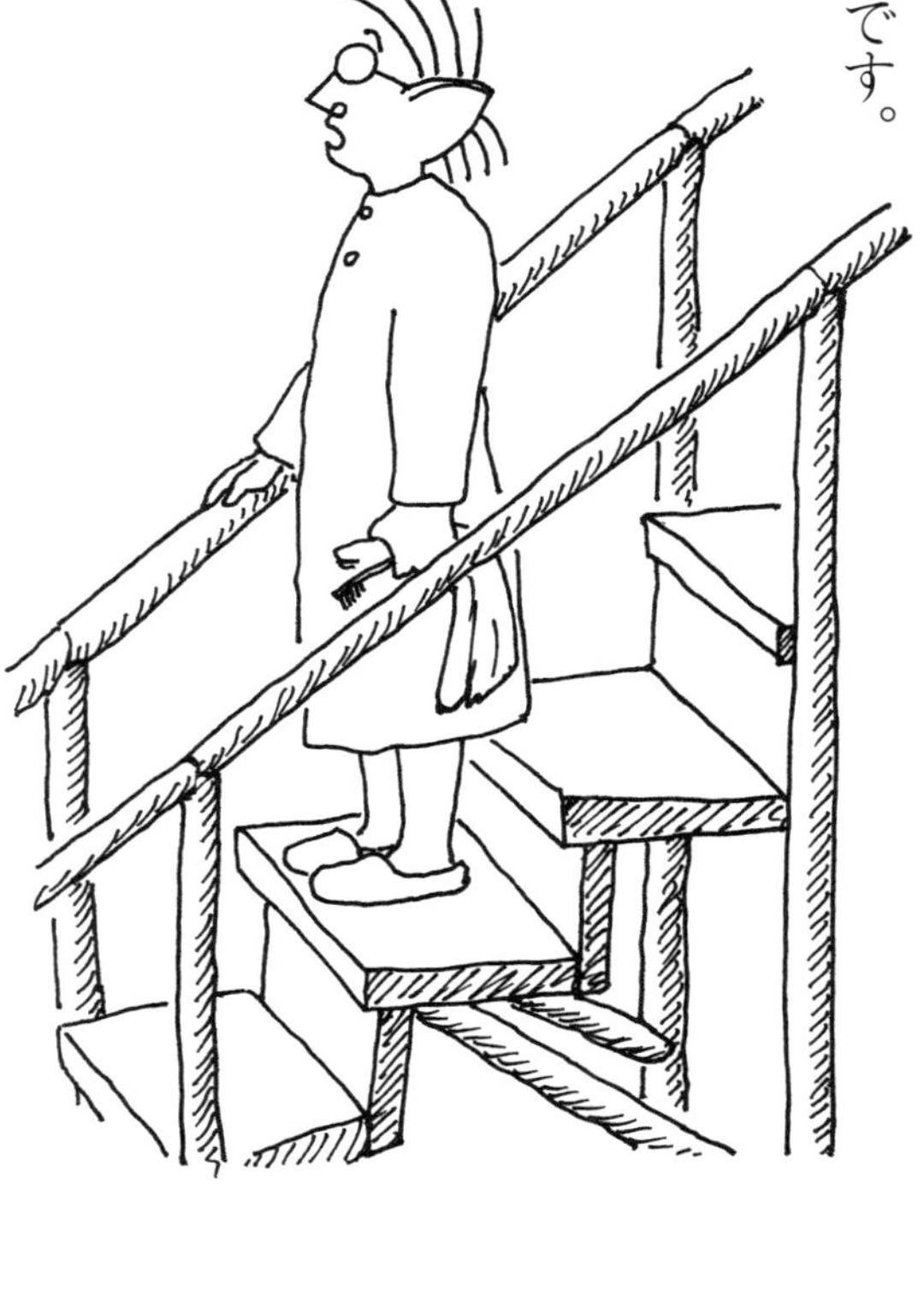

こそあどの森には、あちらこちらに泉《いずみ》があります。

そうじや洗《せん》たくに使《つか》うのは川の水です。のんだり料理《りょうり》に使《つか》ったりするのが泉《いずみ》の水です。川からほんのすこし森にはいったところにトワイエさんの泉《いずみ》はあります。水が湧《わ》き出しているのを見つけたギーコさんが掘《ほ》り広げ、石をしきつめ、いつでも利《り》用《よう》できるようにしてくれたのです。湧《わ》き出した水は小さな流《なが》れになって、川にそそぎこんでいます。トワイエさんはこっそり「あさひの泉《いずみ》」と呼《よ》んでいます。木のかさなりぐあいで、どの季《き》節《せつ》でも、ここには朝日がさしこむからです。この水はのめる水です。ここで歯《は》をみがくのです。

トワイエさんはときどきふしぎな気《き》持《も》ちになります。いま、口にふくんだ水は、ついさっきまで、まっ暗《くら》な地下を流《なが》れていたのです。だれにも見えないところで、砂《すな》のなかや岩のすきまを、ゆっくりと、あるいははげしく流《なが》れて、ここまでやってきたのです。それはきっと、遠くの、トワイエさんが行ったこともない山や丘《おか》にふった雨や雪が、ずうっと昔《むかし》に地中にしみこんだものでしょう。その水をここで口にふくんでいることに、ふしぎさを感《かん》じるのです。

湧《わ》き出す水におどらされている小さな砂粒《すなつぶ》をじっと見ていることもあります。

「ほお……」

砂粒《すなつぶ》は水のいきおいにとばされてはゆらゆらとしずみ、しずんでは吹《ふ》きあげられます。じょうずなひとがいくつもいくつも投《な》げあげるお手玉のように、砂《すな》の粒《つぶ》がおどっているのです。それがななめにさしこむ朝日にきらきらと光っています。

トワイエさんが、いつもこのようになにかを見つめてぼんやりしているというわけではありません。これはある時期《じき》だけです。どういう時期《じき》かというと、仕事《しごと》がはかどっていないときです。

トワイエさんは作家です。物語《ものがたり》を書くのが仕事《しごと》です。いいアイデアを思いつけなかったり、せっかく思いついたアイデアをうまく生《い》かせられなかったりすることが続《つづ》くとき、なにかを見つめてぼんやりしたくなるのです。

そういうときは、だれかが遊《あそ》びにきてくれたらいいなと思います。

5　トマトさんは夢《ゆめ》の話をする

ポットさんとトマトさんは朝食をはじめたところでした。うす切りパンをかるくあぶってバターをぬったところに、いためた三種類《しゅるい》のキノコをのせたオープンサンド、それに紅茶《こうちゃ》と梨《なし》の朝食です。

ポットさんはこのあとすぐ湖《みずうみ》へ釣《つ》りに行くつもりでした。オープンサンドを食べながら、紅葉《こうよう》の湖《みずうみ》はきれいだろうなとか、竿《さお》はどれを持《も》っていこうかとか、エサのミミズがいつもの場所《ばしょ》でたくさん見つかるといいな、などといったことを考えていました。が、

「……トワイエさんがきたのよ」

というトマトさんの声に、考えをとめられました。

「え？」

ポットさんは入り口のほうを見ました。

「ポットさんたらどこを見てるの？　夢《ゆめ》の話をしてるのよ」

トマトさんがそんな話をしていたなんて、ぜんぜんしりませんでした。トマトさ

んは、見た夢《ゆめ》の話をよくするのです。

「ゆ、夢《ゆめ》ね。ああ、そうだったね。ええっと、トワイエさんがきた、と」

「そうよ。なんでも、あたらしい物語《ものがたり》を書くのに必要《ひつよう》だからって、畑仕事《はたけしごと》のことを教えてくれってていうのよ」

「うん、うん」

いつものトマトさんの夢《ゆめ》にくらべると、ずいぶんほんとうらしい話だな、とポットさんは思いました。

「畑仕事《はたけしごと》なんてなにひとつしたことがないからっていうの。そこでわたしとポットさんはトワイエさんといっしょに畑《はたけ》へ行くわけ」

それを聞いたとたんにポットさんはひらめきました。

――トワイエさんといっしょに湖《みずうみ》へ行くのはどうだろう。釣《つ》りなんてしたことがないかもしれないぞ。

ポットさんがミハルを釣《つ》りに行くとき、トマトさんは、香草《こうそう》をとりに行くことになっています。ミハルの料理《りょうり》には、新鮮《しんせん》な香草《こうそう》が必要《ひつよう》なのです。それでポットさんはずっとひとりで釣《つ》っていました。トワイエさんをさそえば、つきあってくれるかもしれません。

「とりあえず鍬《くわ》で土をたがやすところをやってもらったらミミズが出てくるの。トワイエさんたらミミズをこわがるのよ」

——うーむ、トワイエさんはエサのミミズを釣針《つりばり》につけられるだろうか。いちいちぼくがつけてあげなきゃいけないかもしれんな。……まあ、それでもいいけど。

「……わたしたち、鍬《くわ》の使《つか》いかたのコツを教えてあげて……」

——ミハル釣《づ》りのコツを教えてあげよう。あれはちょっとコツがいるからな。

「でもトワイエさんが持《も》つと、鍬《くわ》の柄《え》がぐにゃぐにゃになって……」

——まさか釣竿《つりざお》はぐにゃぐにゃにならんだろうな。

ポットさんは自分の想像《そうぞう》に、にやりとしました。それを見て、

「ね、おもしろいでしょ」

と、トマトさんがうれしそうにいったので、ポットさんはうんうんとうなずきました。

「いまたがやしていたと思ったら、もうおイモができているの。こういうのって夢《ゆめ》のふしぎなところよね。ほら、きのうポットさんがおイモのとりいれをしたから、こんな夢《ゆめ》を見たのね、きっと。それが、しんじられないくらいたくさんできてしまうの。それでね、みんなを呼《よ》んでおイモパーティーをするの……」

――そうだ、たくさん釣《つ》れたら、み

んなを呼《よ》んでやろう。ミハルを食べる会をすればいい。

「湖《みずうみ》のふたごったらひどいのよ。おイモなんていらないプーっていうの。失礼《しつれい》だと思わない？」

——ふたごもたまには栄養《えいよう》のあるものを食べさせなきゃならんから、呼《よ》んでやろう。

ポットさんはそう思いながら、

「ああ、そりゃ失礼《しつれい》だねえ」

と、首をふりました。

「そしたら、おイモがおこって……」

——しかしふたごを呼《よ》ぶとスミレさんがいやな顔をするかもしれんな。スミレさんはふたごがさわぐといやがるからな。といってスミレさんを呼《よ》ばんわけにはいかんだろ。それじゃふたごの栄養《えいよう》はどうなる……。

「ポットさん！　話を聞いてるの？　ほんとにポットさんたら、ひとの話をきちんと聞かないんだから、もう！」

「あ、ごめんごめん。ちょっと考えごとをしていたんだよ。おイモがおこるところまではちゃんと聞いていたんだ。ねえ、トマトさん、おイモがおこって、どうなったんだい？」

「おこっているのはおイモじゃありません。トマトです」

トマトさんはそういって、オープンサンドにかぶりつきました。

〈よく聞けばうまくいく〉というおじいさんのことばを、ポットさんは思い出しました。そして首をすくめました。

6 ふたごは沼婆《ぬまばあ》さんに出会ったという

朝食のあとかたづけをしていたスキッパーは、手をとめて耳をすましました。そうぞうしい足音が近づいてくるのが聞こえます。

湖《みずうみ》のふたごがやってきたんだな、とわかりました。スキッパーはとくべつ耳がよく聞こえるのです。いそいで甲板《かんぱん》に出ました。ふたりはいつだって、スキッパーが甲板《かんぱん》に出るまでやかましく名前を呼《よ》び続《つづ》けるからです。

甲板《かんぱん》に出るのと、ふたごがさけびはじめるのが、同時でした。

「スキッパー！　スキッパー！」

「スキッパー！　スキッパー！」

甲板《かんぱん》の手すりからいそいで顔を出すと、ここまで走ってきたらしいふたごは、はあはあ息《いき》をつきながら、口々にしゃべりはじめました。

「スキッパー、タンケン、タンケン」

「タンケン、スキッパー」

「ヨットに乗《の》って！」

「湖《みずうみ》の西へ、タンケン、行こう！」

ここまで聞いて、タンケンが短剣《たんけん》ではなく探検《たんけん》だということだけはわかりました。

「さあ、行こう、スキッパー！」

「タンケン、行こう、スキッパー！」

きゅうに行こうといわれてもなあ、とスキッパーは思いました。ふたごは顔を見あわせました。

「スキッパーは話がわかっていない！」

「もっと最初《さいしょ》から話さなきゃ！」

「わたしのことは、キャンデーって呼《よ》んで！」

「わたしのことは、クッキーって呼《よ》んで！」

キャンデー、クッキー、とスキッパーは心のなかでつぶやきながら、きっとおやつの時間に思いついた名前だろうと思いました。ふたごはこうしてときどき自分たちの名前をかえるのです。

「きのう、夕焼《ゆうや》け見ていたの！」

「とてもきれいな夕焼《ゆうや》けだった！」

「スキッパーも見た？」

「ねえ、見たでしょ！」

スキッパーがうなずこうとしたときにはもうつぎの話がはじまっていました。

「わたしたち、そのとき、いちばん上の部屋《へや》で見ていたの！」

「夕陽《ゆうひ》がしずもうとした、そのとき！」

「そう、そのとき！」

キャンデーとクッキーが、そういう調子《ちょうし》で説明《せつめい》したのは、こういうことです。

湖《みずうみ》の西の岸《きし》で光るものがあった、それはきっと〈夕陽《ゆうひ》のかけら〉という名前の、なにか物語《ものがたり》が秘《ひ》められた鏡《かがみ》にちがいないので、いまからいっしょにさがしに行こう、お弁当《べんとう》も用意《ようい》してある――と。

スキッパーは行ってみようかと思いました。このところ〈石読み〉ばかりしていたので、気分転換《てんかん》に湖《みずうみ》で遊《あそ》ぶのもいいかなと思ったのです。

三人は、すぐに出発《しゅっぱつ》しました。

森のなかの近道を通って湖《みずうみ》にむかいながら、
ふと思いついて、スキッパーはたずねました。

「ねえ、キャンデーとクッキー、どうして
ふたりで行かないで、ぼくをさそったの？」

ふたりは声をそろえてこたえました。

「用心棒《ようじんぼう》！」

用心棒《ようじんぼう》？　スキッパーはまゆをよせました。

「……なんのための用心棒《ようじんぼう》？」

ふたりはささやき声をそろえて、

「(沼婆《ぬまばあ》さん)」

と、こたえました。

「沼婆《ぬまばあ》さん？」

スキッパーがささやかない声で聞きかえすと、ふたごはあわてて口の前に指《ゆび》を立て、足を止めました。

「（シーッ）」

「（聞いているかもしれない）」

「（誰《だれ》が？）」

「（沼婆《ぬまばあ》さん）」

スキッパーもささやき声でたずねると、ふたりはもっと小さい声でこたえました。

「（沼婆《ぬまばあ》さんって、あの沼婆《ぬまばあ》さん？）」

「（そう、あの……）」

そこで三人はひそひそ声でうたいました。

「（ぬ、ぬ、ぬ、ぬまばあさん
ぬ、ぬ、ぬ、ぬ、ぬまばあさん

いつもいねむり　ぬまのそこ
こどもがくると　でてくるぞ
つかまえられたら　さあたいへん
おおきなおなべで　ぐつぐつぐつ
ぬ、ぬ、ぬ、ぬ、ぬまばあさん
はしるのおそい　ぬまばあさん
あるくのおそい　ぬまばあさん
だからはしれば　にげだせる）」

「あの？」

スキッパーがもういちどたずねると、ふたごはきっぱりうなずきました。

「あの！」

まさか、とスキッパーは思いました。

沼婆《ぬまばあ》さんというのは歌のついた遊《あそ》びです。むかいあったふたりが両手《りょうて》をつないでこの歌をうたい、おしまいまでうたうとぱっと手をはなし、それぞれが両手《りょうて》で自分の頭にさわります。それがスタートの合図《あいず》です。そのあと子どもの役《やく》は逃《に》げ、沼婆《ぬまばあ》さんの役《やく》はつかまえようとします。沼婆《ぬまばあ》さんは走ってはいけません。もとはおとなとおさない子どもの遊《あそ》びだったのでしょう。走ってはいけないというところは、つかれたくないおとなが考えだしたのかもしれません。

「だって、あれは遊《あそ》びの歌だよ。それに、ここは森のなかだよ」

と、スキッパーがいうと、ふたごはまじめそうな顔でこたえました。

「森のなかでも」

「そう、気をつけたほうがいい」

「それにあれはほんとうのことだった」

「そう、わたしたちは出会った」

「出会った!?」

スキッパーは思わずわらってしまいました。

「スキッパーはほんとうじゃないと思っている」

と、クッキーがいいました。

「では、歩きながら話してあげよう」

キャンデーがいって、三人は歩きはじめました。キャンデーが、

「それはわたしがパセリという名前になって、三日めのこと」

というと、クッキーも、

「それはわたしがセロリという名前になって、三日めのこと」

と、続《つづ》けました。

その名前なら、ふた月ほど前のことだな、とスキッパーは思いました。

「西の岸辺《きしべ》へ、ヨットに乗《の》って遊《あそ》びに行った」

「西の岸辺《きしべ》は、小さな島《しま》がいっぱいある」

「小さな島《しま》で、迷路《めいろ》のようになっている」

「水の底《そこ》には枯葉《かれは》と泥《どろ》が深《ふか》くつもってる」

「それを見て、『湖《みずうみ》というより沼《ぬま》みたい』とわたしがいった」
「それを聞いて、『沼《ぬま》といえば思い出す歌がある』と、わたしがいった」

ふた月ほど前、湖《みずうみ》の西の岸辺《きしべ》で沼婆《ぬまばあ》さんの歌を思い出してしまったふたりは、そのときもうたいました。思い出すとうたわずにはいられないのです。なんとなく気《き》味《み》がわるかったので、ひそひそ声でうたいました。

「(ぬ、ぬ、ぬ、ぬ、ぬまばあさん
ぬ、ぬ、ぬ、ぬ、ぬまばあさん
いつもいねむり　ぬまのそこ
こどもがくると　でてくるぞ
つかまえられたら　さあたいへん
おおきなおなべで　ぐつぐつぐつ
ぬ、ぬ、ぬ、ぬ、ぬまばあさん

はしるのおそい　ぬまばあさん
あるくのおそい　ぬまばあさん
だからはしれば　にげだせる)」

うたい終《お》わって気がつくと、泥《どろ》と枯葉《かれは》が水面《すいめん》までまいあがり、水がにごっていました。どうしたことだとまわりを見ると、それまで気がつかなかった島《しま》があらわれていた、というのです。

島《しま》には何本かの木がはえていて、その根《ね》もとに卵型《たまごがた》の家がありました。島《しま》のまわりをヨットでまわってみると、家には前後《ぜんご》に扉《とびら》があって、煙突《えんとつ》からは煙《けむり》が出ていました。壁《かべ》は草や小枝《こえだ》をしっくいでかためてあるように見えました。

ふたりは興味《きょうみ》をひかれて上陸《じょうりく》してみました。

扉《とびら》の前でようすをうかがっていたときのことです。

「とうとうきてくれたのねえ」

とつぜん、声が聞こえました。おどろいてふりむくと、おばあさんが立っていました。おばあさんは油《あぶら》っ気《け》のない白い髪《かみ》で、胸《むね》に大きなポケットのあるエプロンをしていて、ふたりをよくしっているひとのように、笑顔《えがお》で見ていました。

「あ、いえ、その、わたしたち……」

「ちょっとここを通りかかって……」

「そう、通りかかって……」

「で、ちょっとおじゃましてみようかな……なんて」

「そう、おもしろい家だな……って」

「ううん、すてきな家だな……って」

ふたりが、かってにひとの島《しま》に上陸《じょうりく》したことをいいわけしようとするのを、おばあさんは笑《わら》って手まねきしました。

「ずいぶん待《ま》ったのよう」

ゆっくりしたしゃべりかたです。ふたごは顔を見あわせました。そしてたずねま

した。

「あの、わたしたちがここにくることを、しってた?」

「わたしたちがここにくるだろうと、思ってた?」

「あたりまえじゃないの。さあ、なかにおはいり」

「あの、わたしたちをだれかとまちがえてる?」

「そう、きっとほかのだれかとまちがえてる」

まあなんてことをいいだすんでしょう、という表情《ひょうじょう》でおばあさんはふたりを見ました。

「じゃあ、あなたがたはだあれ?」

「わたしはパセリ」

「わたしはセロリ」

おばあさんはうなずきました。

「そうでしょう、パセリとセロリ。わたしは何年も前から、あなたたちがパセリとセロリだってことは、しってますよう」

これでおばあさんがうそをいっているのだということが、わかりました。ふたりがパセリとセロリになったのは、三日前のことなのですから。

ふたりは気をつけたほうがいいと、目くばせをかわしました。

「さあ、パセリちゃんとセロリちゃん、なかにおはいり」

おばあさんはそういって、ゆっくりとした足どりで、腰《こし》をかがめて戸口をくぐりぬけ、家のなかにはいっていきました。

ふたりはないしょ声で相談《そうだん》しました。

「(うそをつくようなおばあさんからは、さっさと逃《に》げ出したほうがいい)」

「(でも、こんな形の家のなかがどうなっているのか、ちょっと見てみたい)」

「(うそをついたからといって、わるいひととはかぎらない)」

「(わたしたちによく似《に》たパセリとセロリをしっているのかもしれない)」

「(わるいひとには見えない)」

「(どちらかというと、やさしそうなひとに見える)」

「(なかを見るだけ)」

「(そう、なかを見るだけ)」

そこで、戸口のところまで行って、一歩だけ、なかにはいりました。

なかはずいぶんうす暗《ぐら》く、ふたりは目をこらしました。

窓《まど》のない家のなかには、昼間でもランプがついています。そのランプの下、部屋《へや》の中央《ちゅうおう》にテーブルがひとつ、いすが五脚《きゃく》、そして左手に、やけに大きな暖炉《だんろ》があります。だんだん目がなれてきました。部屋《へや》の右手には、大きな箱《はこ》にカーテンをかけたような小部屋《こべや》がひとつ、そして戸棚《とだな》。ランプと暖炉《だんろ》の火の赤っぽい光で満《み》たされた室内《しつない》は、壷《つぼ》や篭《かご》やなにに使《つか》うかわからないものがこまごまとあり、それが床《ゆか》や壁《かべ》に影《かげ》をおとしています。

「ひっ!」

いつのまにふたりのそばに立っていたのでしょう。おばあさんがパセリの左手とセロリの右手を手首のところでつかんでいます。ふたりはふりほどくのも失礼《しつれい》のような気がして、そのままつかまれていました。

「さあ、すわりましょう」

おばあさんにひっぱられるように、手をつないだままの三人は、テーブルをかこむいすにすわりました。

「おばあさん、どうして手をつかんでるの？」

パセリがたずねました。

「つかんでいないとね、前みたいにあなたたちがどこかへ行ってしまうような気がするからですよう」

「おばあさん、それ、だれかとまちがえてる」

「おばあさん、わたしたち、ここにくるの、はじめて」

ふたりは本気でいいました。でもおばあさんは笑《わら》って首をふりました。

「だれともまちがえてなんかいませんよう」

「セロリ……」

パセリが小声で呼《よ》んで、うしろを見てみると目でしめしました。セロリがふりかえると、大きな暖炉《だんろ》には、三本足の大きな鉄《てつ》の鍋《なべ》が火にかかっていました。

「パセリ……」

セロリが小声で呼《よ》んで、目でしめしました。パセリがふりかえってみると、大きな箱《はこ》にカーテンをかけた小部屋《こべや》のようなところはベッドで、そのみだれぐあいはどうもいままで眠《ねむ》っていたように見えました。

パセリとセロリはおたがいの目をさぐるように見ました。〈いつもいねむり〉で、〈おおきなおなべ〉なのです。

「さあ、お鍋《なべ》のスープがあたたまるまで、みんなでお話ししましょうねえ」

おばあさんがうれしそうにいいました。

「ねえ、おばあさん、どうしてこの家には扉《とびら》がふたつあるの？」

パセリがたずねました。

「前にもいったでしょう。ひとつははいる扉《とびら》で、もうひとつは出る扉《とびら》ですよう」

「じゃあ、わたしたち、あちらから出るの？」

セロリがつかまれていないほうの手で奥《おく》の扉《とびら》を、指《ゆび》さしました。

「出るならねえ」

「ねえおばあさん、ここの暖炉《だんろ》はどうしてこんなに大きいの？」

パセリがたずねました。

「大きなお鍋《なべ》をかけるからですよう」

「どうして大きなお鍋《なべ》がいるの？」

セロリがたずねました。

「スープをつくるからですよう」

「ど、どんなスープ？」

パセリがすこしつかえながらたずねました。

「秘密《ひみつ》ですよう」

おばあさんはにっこり笑《わら》いました。目がランプの光と暖炉《だんろ》の光で赤く光りました。

三人はすこしだまりました。

「おばあさん、にぎる力が強い？」

セロリがいいました。さっきから、ずいぶん強くにぎられているのです。

「そうなの。指《ゆび》の力は強いのよう。足はおそいのにねえ」

〈はしるのおそい、あるくのおそい〉！　パセリとセロリは一瞬《いっしゅん》見つめあいました。そしておばあさんを見て、愛想笑《あいそわら》いをしました。おばあさんも笑《わら》いました。ランプと暖炉《だんろ》の赤い光に満《み》たされたまるい部屋《へや》で、三人が手をつないで笑《わら》いあっているのは、へんな光景《こうけい》でした。

パセリがとつぜん話しはじめました。

「ひとり、ふたり、三人、四人……」

自分の左手を握《にぎ》ったおばあさんの手の小指《こゆび》からひとさし指《ゆび》まで、一本ずつさわりながら数えます。

「五人、六人、七人、八人……」

つぎにセロリの右手を握《にぎ》ったおばあさんのひとさし指《ゆび》から小指《こゆび》までを、順《じゅん》にさわってから、うたうようにいいました。

「八人の子は眠《ねむ》ってた」

おばあさんとセロリは、なんの話だろうとパセリを見ました。

「まだ夜は明《あ》けてない。どこかでネズミが鳴いた。それを聞いてひとりが起《お》きた」

そういいながらパセリは、自分の左手を握《にぎ》っているおばあさんの小指《こゆび》の先に、自分の右手のひとさし指《ゆび》をあて、そっと持《も》ちあげてピンと立てました。セロリはパセリがなにをしているかわかりました。そこでこんどはセロリが続《つづ》けました。

「七人の子が眠《ねむ》ってる。まだ夜は明《あ》けてない。どこかでスズメが鳴いた。それを聞いてひとりが起《お》きた」

セロリは自分の右手首を握《にぎ》っているおばあさんの左手の小指《こゆび》をピンと立てました。

パセリが続《つづ》けます。

「六人の子が眠《ねむ》ってる。まだ夜は明《あ》けてない。どこかで猫《ねこ》が鳴いた。それを聞いてひとりが起《お》きた」

セロリも続《つづ》けます。

「五人の子が眠《ねむ》ってる。まだ夜は明《あ》けてない。どこかで犬が鳴いた。それを聞いてひとりが起《お》きた」

これでおばあさんは両手《りょうて》の小指《こゆび》と薬指《くすりゆび》を立てていることになりました。でもおばあさんはいったいどうなるのかとにこにこと見守《みまも》っています。パセリはおばあさんが気づかないうちにといそいで続《つづ》けました。

「四人の子が眠《ねむ》ってる。まだ夜は明《あ》けてない。となりの部屋《へや》でばあやがくしゃみ。それを聞いてひとりが起《お》きた」

おばあさんが自分もなにかいいたそうにするのをさえぎって、セロリが早口で続《つづ》けました。

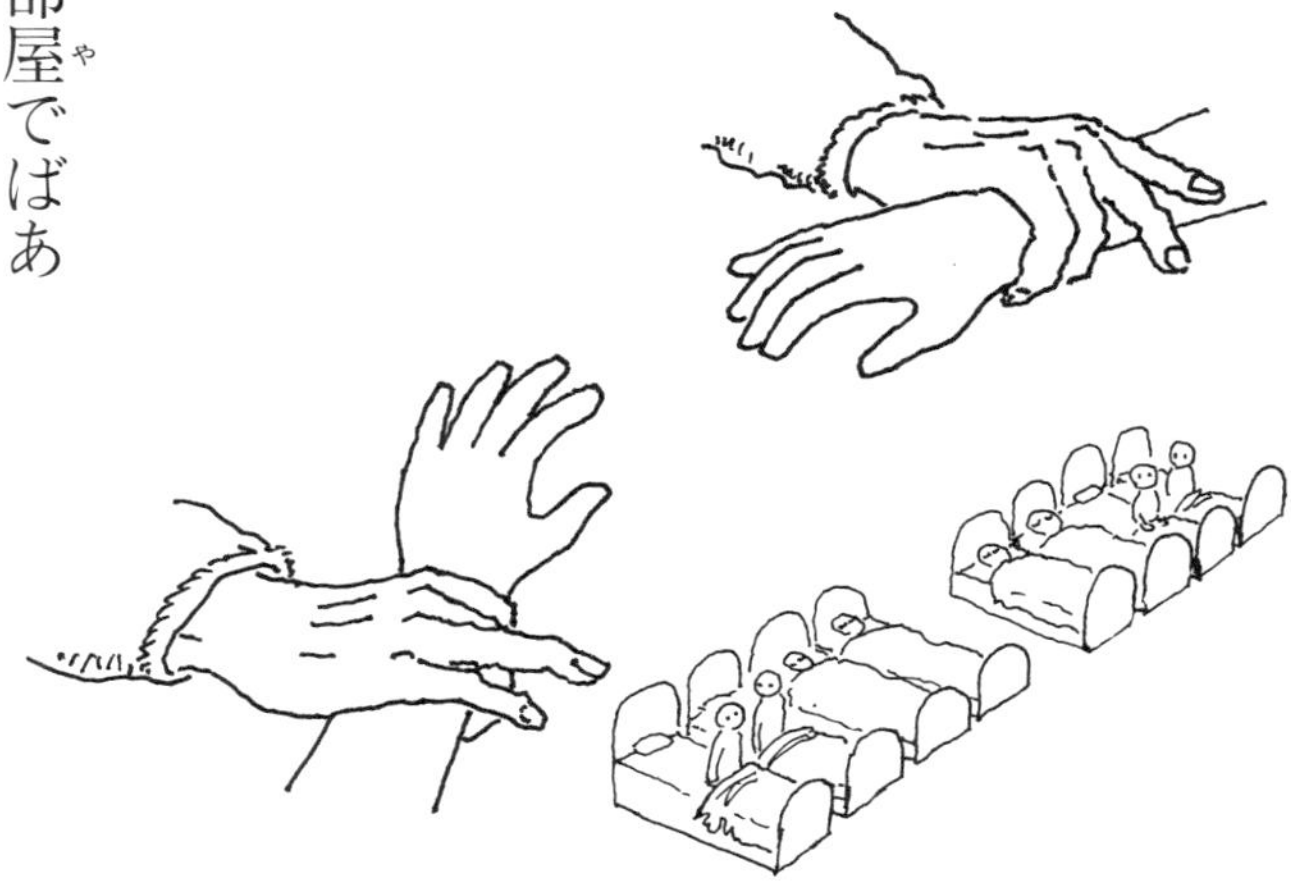

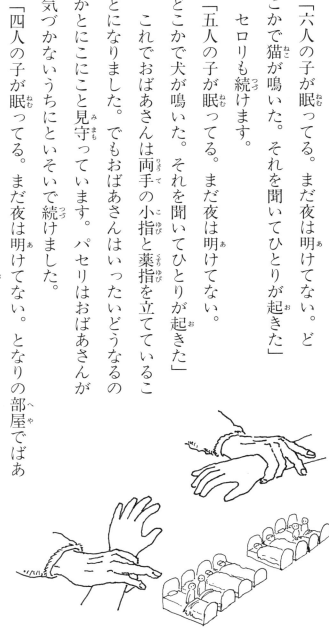

「三人の子が眠《ねむ》ってる。まだ夜は明《あ》けてない。となりの部屋《へや》ではばあやが寝言《ねごと》。それを聞いてひとりが起《お》きた」

これでおばあさんは中指《なかゆび》も立てさせられましたから、もうひとさし指《ゆび》しか残《のこ》っていないことになりました。ところがパセリはつぎにどんな音をさせるか、まだ考えついていませんでした。そのため、一瞬《いっしゅん》の間《ま》があきました。するとおばあさんが続《つづ》けました。

「六人の子が起《お》きている。まだ夜は明《あ》けてない。となりのばあやは寝言《ねごと》で子守唄《こもりうた》。それを聞いて六人が眠《ねむ》った」

なんということでしょう。ぜんぶの指《ゆび》がしっかりと巻《ま》きついてしまいました。パセリはがっかりしました。一瞬《いっしゅん》の間《ま》をあけたばかりに、それまでの苦労《くろう》がむだになってしまったのです。けれどセロリはあきらめていませんでした。ほとんどいすから腰《こし》をうかせていいました。

「八人の子が眠《ねむ》ってる。もう夜が明《あ》ける。世界中《せかいじゅう》のにわとりが鳴く用意《ようい》。それを聞くとみんなが起《お》きる。さあ夜が明《あ》ける。コケコッコー」

最後《さいご》のコケコッコーのところはパセリもいっしょに、思いきり大声でさけびました。するとおばあさんの八本の指《ゆび》が、ぱっと立ってしまったのです。

もちろん、ふたごは腕《うで》をひっこめて、いすから飛《と》びおりました。

「あっ、なんてことを!」

おばあさんは頭をかかえました。遊《あそ》び歌のとおりです。ふたごもそうするのがルールだと思って、頭をかかえました。そしてすぐに逃《に》げ出しました。

おばあさんは追《お》いかけようとしました。けれどあわてればあわてるほど、おばあさんはゆっくりとしか動《うご》けません。

「どうして……、どうして……」

おばあさんがさけびます。

パセリがもときた扉《とびら》をあけようとしました。でもひらきません。セロリがさけびます。

「パセリ！　それははいる扉《とびら》。出るのはあっち！」

パセリが奥《おく》の扉《とびら》にむかって、おばあさんのすぐ前をかけぬけます。それでもおばあさんは足を前に出せないのです。

「待《ま》って！　もどるのです！　もどりなさい！　もどってくださいよう！」

ふたりは大あわてで外へ出ました。家をぐるりとまわって、ヨットにとび乗《の》りました。水をバシャバシャさせながら、ヨットを進《すす》めました。

オールをこいでいたパセリが

「あ！」

と声をあげ、セロリがふりむきました。

おばあさんの家の島《しま》が、ゆっくりとしずんでいくところでした。

「あぶないところだった」

「もうすこしでスープになるところだった」

と、ふたごは話を終《お》わりました。

スキッパーは感心《かんしん》しました。とてもよくできた話だと思いました。ふたごはこれまでに、いろんな〈ごっこ〉遊《あそ》びを思いついてきました。〈ふたりはほんとうはお姫《ひめ》さまだったごっこ〉とか、〈見えない女の子がいて、ふたごはほんとうは三つ子だったごっこ〉とかです。けれどこの〈沼婆《ぬまばあ》さんがほんとうにいるごっこ〉は、いままでの〈ごっこ〉よりも、ずっとこまかいところまで考えられていました。

「それで、ぼくに、用心棒《ようじんぼう》の役《やく》を……」

「そう。湖《みずうみ》の西は危険《きけん》」

「用心棒《ようじんぼう》、ひきうけてね、スキッパー」

ふたごの〈ごっこ〉遊《あそ》びに、スキッパーはつきあうことにしました。

長い話だったので、三人はすっかり森をぬけ、ふたごの島《しま》の前までやってきていました。

7 ポットさんとトワイエさんはマスを釣《つ》る

ポットさんはトワイエさんをマス釣《づ》りにさそうつもりでした。でもトワイエさんがいっしょに行けるかどうかわからないな、とも思っていました。どこかに出かけているかもしれないし、仕事《しごと》がいそがしいかもしれないからです。

ポットさんがトワイエさんの家についたとき、トワイエさんは片手《かたて》にカップを持《も》って、らせん階段《かいだん》のとちゅうにぼんやりと立っていました。どこにも出かけていないし、仕事《しごと》がいそがしいようにも見えませんでした。

「おーーい、トワイエさん」

呼《よ》ばれてびっくりしたトワイエさんは、カップを落《お》としそうになりました。

「これから湖《みずうみ》へ釣《つ》りに行くんだけど、よかったら、いっしょに行かないかい」

さそわれたトワイエさんは、ポットさんがおどろくほどよろこびました。

「いやあ、釣《つ》りですか！　ぜひ、ぜひ、おともさせてください！　ぼくは、その、いままでに、釣《つ》りというものを、子どものころ、二、三度《ど》しただけで、ほとんどもう、したことがない、そういっても、ええ、いいくらいなんです！　いやあ、湖《みずうみ》ですか！　そりゃあもう、なんというか、ん、すばらしいでしょうねえ！」

そこまでいっきにしゃべると、ポットさんの足もとを見て、大いそぎで階段《かいだん》をかけあがりました。おりてきたときには、ポットさんとおなじようなゴムの長ぐつにはきかえていました。

らせん階段《かいだん》をぐるりとまわっておりてきたトワイエさんに、ポットさんはいいました。

「足もとはそれでいいけど、手のカップはいらないよ」

それくらいトワイエさんはよろこんでいたのです。カップを階段《かいだん》におくと、てれかくしに、はははと笑《わら》って、トワイエさんは話をかえました。

「釣《つ》りというのは、その、ずいぶん用意《ようい》がいるものですねえ」

ポットさんは手に釣竿《つりざお》二本とすくい網《あみ》とバケツを持《も》ち、いっぽうの肩《かた》には釣《つ》り道具《どうぐ》のはいった箱《はこ》、もういっぽうの肩《かた》にはなにがはいっているのかわからない袋《ふくろ》をさげて、腰《こし》にはタオルをつけていました。

「荷物《にもつ》の半分は昼ごはんだよ。ああ、トワイエさんのぶんもあるから」

それを聞いてトワイエさんは、いよいようれしくなり、昼ごはんの袋《ふくろ》とバケツを持《も》つ役《やく》をひきうけました。トワイエさんの家の前の川は、湖《みずうみ》に流《なが》れこんでいます。ふたりは川ぞいに下っていきました。とちゅうで石やたおれた木の下から、エサのミミズをつかまえます。トワイエさんがいやがらずにミミズをさわったので、ポットさんはよかったと思いました。

湖《みずうみ》をかこむ木々は紅葉《こうよう》がはじまったところでした。こちらは黄色一色ではなく、赤っぽい色もあればこい緑《みどり》の木、黄色くなりかけた木などもあって、それが湖面《こめん》にうつるながめに、トワイエさんは「すばらしい」を連発《れんぱつ》しました。川が湖《みずうみ》に流《なが》れこむところが釣《つ》り場《ば》です。ポットさんは秋のマス、ミハルをたいて

いここで釣《つ》ることにしています。

すぐ前には島《しま》があり、巻貝《まきがい》の家が建《た》っています。ふたごの女の子がすんでいる家です。ポットさんは釣糸《つりいと》にウキをつけながら、島《しま》のほうをちらりと見ました。

「どうやらふたごはでかけているようだね。船がない。それにだいいち、静《しず》かだ」

「とはいえ、湖《みずうみ》に、その、ヨットの帆《ほ》は、んん、見あたりませんね。ええ」

「どこかの岸《きし》に上陸《じょうりく》して、そのあたりをさわがしくしているんだろ。でなきゃ、ちょうど島《しま》のむこう側《がわ》にいるのかもしれん。さあ、できた。これを……」

ポットさんがさし出す竿《さお》を、トワイエさんはうけとりました。

「まず、ウキ下を……」いいかけて、ポットさんはいいなおしました。「ウキの位《い》置《ち》を調節《ちょうせつ》するんだ。こうして……」自分の竿《さお》の釣糸《つりいと》を湖《みずうみ》にたらし、ウキの具合《ぐあい》を見ながら、位置《いち》を上げ下げし、釣針《つりばり》が水の底《そこ》あたりにくるようにしました。

「この時期《じき》のここのマスは底《そこ》にいるんだ」

「すると、その、ほかの時期《じき》の、よそのマスは、んん、底《そこ》にはいない、と……」

トワイエさんの質問《しつもん》に、ポットさんはすこし考えました。

「ほかの時期《じき》のよそのマスと、この時期《じき》のよそのマス、それからほかの時期《じき》のここのマスがどこにいるかということは、ぼくはしらない。でも、ほかの時期《じき》のここのマスなら水面《すいめん》近くのエサでも釣《つ》れるな。だからといってほかの時期《じき》のここのマスがいつも水面《すいめん》近くにいるとはかぎらんだろ。ただいえることは、この時期《じき》のここのマスは底《そこ》のエサにだけ喰《く》いつくということなんだ」

「あ、なるほど」

トワイエさんは、ちょっと思いついた質問《しつもん》を口にしてしまって、めんどうな説明《せつめい》をさせてしまったかなと、すこし反省《はんせい》しながら、自分もウキの位置《いち》を調節《ちょうせつ》しました。

ポットさんは、トワイエさんのウキを見ながらいいました。

「ああ、それでいい。……ウキの動《うご》きというのは、じいちゃんにいわせると、水とサカナのことばなんだ。ほら、小さい波《なみ》にウキがぷかぷかしてるだろ。あれは水が『いい天気、いい天気……』っていってるのとおなじだっていうんだな。そこへとつぜんサカナがわりこんでくる」

「ははあ……」

「そのときウキがちょんってゆれる。これはサカナのあいさつなんだ。『こんにちは』ってね。ちょっとつついてみる感《かん》じ。そのあとサカナはいっきに、『いただきます』ってミミズを持《も》っていっちまう。そのとき、ぐっと竿《さお》をあげるんだ。サカナの『いただきます』に、こちらの『いただきます』をあわせるんだよ」

「ほう、ほう、なるほど。ポットさんは教えるのが、ええ、じょうずですね」

「そういうふうにじいちゃんに教《おそ》わったんだ」

それからふたりはエサをつけて釣《つ》りはじめました。

トワイエさんはいっしょうけんめいウキを見ていました。

「そんなにウキをにらみつけてちゃ、つかれてしまうよ」

ポットさんにいわれて、

「あ、はあ……」

と力をぬくのですが、やっぱりいつのまにか肩《かた》に力がはいってウキをにらんでいるのです。

ポットさんはトワイエさんの気分《きぶん》をやわらげてあげようと、話しかけてみました。

「この時期《じき》のここのマスをミハルといってね……」

そこまで聞くと、トワイエさんはまた、たずねてしまいました。目の前にエサがくるとかならず喰《く》いついてしまうサカナのように。

「ほかの時期《じき》のよそのマスにも、その、それぞれに、名前があるのですか」

ポットさんはちらりとトワイエさんのほうを見ました。

「ほかの時期《じき》のよそのマスと、ほかの時期《じき》のここのマス、それからこの時期《じき》のよそのマスに名前があるかどうかは、ぼくはしらない。でもこの時期《じき》のここのマスにミハルという名前がついているのは、この時期《じき》のここのマスが身《み》が張《は》っていて、特別《とくべつ》においしいからだとじいちゃんが……、トワイエさん、ひいてるよ」

「え？　ひいてる？　なにが？」

「ウキだよ！」

あわてて竿《さお》をあげたトワイエさんの釣針《つりばり》には、ミミズもマスもいませんでした。話してばかりいてはだめだなと、トワイエさんは反省《はんせい》しました。

トワイエさんがエサをつけなおして水にいれたすぐあとのことです。ウキがちょんとゆれました。あいさつです。ポットさんが声をかけます。

「きたきた、まだだよ、まだまだ」つぎにウキがぐっとひきこまれました。『いただきます』だ！」

「い、いただきます！」トワイエさんは竿《さお》をひきあげました。手にぐぐぐ……と、思わぬ力が伝《つた》わってきます。サカナが糸をひいているのです。

「おお、いや、これは、その、どうすれば……」

「どうするったって、ひきあげるんだよ」

「し、しかし、いやがってますよ！」

「そりゃそうさ。でもひきあげるんだ」

トワイエさんはどきどきしながら、腕《うで》に力をいれ、竿《さお》を立てました。みごとなミハルがあがってきました。赤いもようが目につきます。ポットさんが網《あみ》ですくいました。

釣《つ》りあげてみて、はじめてトワイエさんは、ポットさんのおじいさんがいった〈いただきます〉ということばの意味《いみ》がわかりました。あの、糸をぐいぐいひくサカナの力は、命《いのち》の力だったのです。その命《いのち》をいただくという意味《いみ》だったのです。マスがミミズにむかっていう〈いただきます〉も、ミミズの命《いのち》のことをいっていたのでしょう。トワイエさんは、しばらく胸《むね》のどきどきがおさまりませんでした。

二ひきめはポットさんが釣《つ》りあげました。あとはどんどん釣《つ》れました。

「こんなに釣《つ》れるのは、はじめてだよ。こりゃあ、トワイエさんをつれてきたのがよかったのかなあ」

ポットさんは上機嫌《じょうきげん》でいいました。

どんどん釣《つ》れていたのは一時間ほどです。どういうかげんか、ぴたりと釣《つ》れなくなりました。

「釣《つ》れなくなると、釣《つ》りってのはたいくつなもんだろ？」

ポットさんがたずねると、トワイエさんは、

「え？　いや、まあ……」

と、あいまいにこたえました。

ポットさんは、少年時代におじいさんといっしょに釣《つ》りにきたとき、こうして釣《つ》れなくなるといろんな話をしてくれたことを、トワイエさんに話しました。

なかでも、おじいさんがいった「この世《よ》で大切なのは〈聞くこと〉だ」ということばを、トワイエさんはおもしろいと思ったようでした。

「それは、その、ひとの話を聞く、というだけではなく、ですね、天気がなにを教えているのか、木や花がなにをいっているのか、畑《はたけ》がなにをほしがっているのか、ええ、そういったこともですね、聞く、そういうことではありませんかね。ほら、

さっきのウキの動《うご》きが、んん、水やサカナのことばだっていうのも……ええ」

トワイエさんのことばに、ポットさんは目をぱちくりさせました。

「そんなことは考えたことがなかったよ。ぼくはひとの話を聞くとばかり思っていたな。家ではばあちゃんがよくしゃべり、じいちゃんはずっと聞く役《やく》だったからね。……うん、もしかしたら、ひとの話のことだけではなかったのかもしれんな」

「そうですよ、きっと。そんなおじいさんだから、ええ、ミハルのようすや天気のぐあいをよく見ていて、ですね、夕焼《ゆうや》けのつぎの日には、ミハルがよく釣《つ》れると、気づいたんじゃないですかねえ」

ポットさんはむこう岸《ぎし》のほうを見てうなずきました。

「なるほど、夕焼《ゆうや》けと湖《みずうみ》が教えていることを聞いたわけか」

「ポットさんだって」トワイエさんは考えながらいいました。「畑《はたけ》の仕事《しごと》をするときなんて、そう、空とか、土とか、葉《は》っぱから、いろんなことを、聞いているんじゃないですか」

「それをいうなら、トワイエさんだって聞いてるね。ついさっきも、黄色の葉《は》を見ながらなにか聞いていたんじゃないのかい？」

ポットさんにそういわれて、トワイエさんは、ぼくのはぼんやりしているだけだといいかけました。けれど、ぼんやりしながら聞く声もあるかもしれないと考えなおして、

「んん、そう見えましたか」

とだけ、こたえておくことにしました。

ポットさんは心のなかで、トマトさんのことを考えました。あんなに熱中《ねっちゅう》して床《ゆか》をみがくのは、床《ゆか》からなにかを聞いているのかもしれないな、と考えたのです。

そのあとふたりは川の水で手を洗《あら》い、タオルでふいたあと、岸辺《きしべ》にはえていた、はっかの匂《にお》いの香草《こうそう》を手にすりこみました。

「サカナとミミズの匂《にお》いの手で、サンドイッチを食べるわけにはいかんだろ」

と、ポットさんはいいました。

「なるほど。いい考えですね」

トワイエさんが感心《かんしん》すると、ポットさんはうれしそうにうなずきました。

「これもじいちゃんに教《おそ》わったんだ」

サンドイッチはトマトさんがつくってくれたものです。ジャムがたっぷりはさんでありました。ブルーベリージャムといちごジャムでした。

ふたりは湖《みずうみ》をながめながら、サンドイッチを食べ、瓶《びん》にいれた紅茶《こうちゃ》をホーローのカップでのみました。はるかむこうの岸《きし》近くで、白い帆《ほ》がちらりと見えました。ふたごのヨットが向《む》きをかえるときに帆《ほ》をまわしたのでしょう。ずっと島《しま》のかげにいたので見えなかったのです。

「いやあ、じつに、その、静《しず》かで、美しいながめですねえ。昼の太陽《たいよう》、青空といくつかの雲、紅葉《こうよう》のうつる湖《みずうみ》……。平和《へいわ》、といいますか……」

トワイエさんのことばに、ポットさんはゆっくりとなんどもうなずきました。

8　ふたごとスキッパーは探検《たんけん》に出かける

三人の乗《の》ったヨットは、おだやかな横風《よこかぜ》をうけて、まっすぐに西の岸《きし》へ向《む》かっていました。

秋の湖《みずうみ》にうつる色づいた樹々《きぎ》、透《す》き通《とお》った水、スキッパーはきてよかったと思いました。船首《せんしゅ》が押《お》しわける水の音が、足元《あしもと》でかるい音をたてています。船の通ったあとが湖面《こめん》にいつまでも消《き》えずに残《のこ》っていて、それがまっすぐに見えています。キャンデーの帆《ほ》と舵《かじ》のあやつりかたがじょうずなのです。

キャンデーはなんでもない顔をしてロープを握《にぎ》り、舵《かじ》の柄《え》に手をそえています。けれどかすかにロープをひきこんだりゆるめたり、すこし舵《かじ》をひいたりもどしたりしているのに、スキッパーは気づいていました。そういうわずかの操作《そうさ》で、ヨットは風をのがさず、水に流《なが》されず、まっすぐに進《すす》めるのです。

キャンデーは、前に広がる水面《すいめん》のかすかな波《なみ》のたちかたから風の変化《へんか》を読みとり、顔にあたる風で、いま、ここの空気の流《なが》れを感《かん》じているはずです。そして舵《かじ》の柄《え》にそえた手から、水の流《なが》れを読みとっているはずです。クッキーもキャンデーとおなじようにヨットをあやつれます。

――ほかのことなら、なんだって遊《あそ》び半分みたいに見えるのになあ。

と、スキッパーはヨットに乗《の》せてもらうたびに感心《かんしん》するのです。

西の岸《きし》が近くなってきました。

「で、〈夕陽《ゆうひ》のかけら〉はどのあたりで光ってたの？」

スキッパーがたずねると、クッキーがこたえました。

「この船のまっ正面《しょうめん》、こい緑《みどり》の大きな木の近く」

なるほど、船の正面《しょうめん》に深《ふか》い緑色《みどりいろ》の大きな木があります。と思ったら、船が進路《しんろ》を左にかえました。

「あれ？　どうしてそれるの？」

ふりかえったスキッパーに、キャンデーがこたえました。

「（まっすぐ行くと、沼婆《ぬまばあ》さんが出たところを通ることになる）」

クッキーも、まじめな顔でうなずきました。

——まるでほんとうに沼婆《ぬまばあ》さんと出会ったみたいだな。

ふたりの〈ごっこ〉があまりにもほんとうらしいので、スキッパーはくすりと笑《わら》いました。

岸《きし》の木が一本一本見えるほど近くなってきました。

ヨットのへさきにすわったスキッパーは、

——ずいぶんちがうんだ。

と、思いました。岸《きし》のようすです。見なれている東側《ひがしがわ》とちがって、とてもこみいって見えました。近づくにつれて、それは小さな島《しま》が数えきれないほどあるせいだとわかりました。とくに小さい島《しま》は、ひとひとりがやっと立っていられるほどです。

キルキルキルとマストの上で滑車《かっしゃ》の音がして船がゆれ、ふりかえるとクッキーが帆《ほ》をおろしています。帆《ほ》をかんたんにまとめてくりつけると、つぎにロープをひっぱって、センターボードをひきあげました。センターボードというのは、船が風で横流《よこなが》れするのをふせぎ、底《そこ》をおもくして船を安定《あんてい》させるための鉄《てつ》の板《いた》です。船の底《そこ》から下につき出ていますから、おろしたままにしていると、浅《あさ》いところではつかえてしまうのです。

クッキーがオールを、キャンデーが舵《かじ》を握《にぎ》って船が進《すす》みはじめました。

「前を見ていてね、スキッパー」

と、キャンデーがいうと、クッキーが
「前の水の底《そこ》、もね」

とつけくわえました。

スキッパーは、うなずきました。へさきにいる者《もの》は水面《すいめん》や水のなかに注意《ちゅうい》していなければいけません。

船はゆっくりと小島《こじま》のあいだをすりぬけていきました。これほど島《しま》がたくさんあるなら、島《しま》と島《しま》のあいだは浅瀬《あさせ》になっているのかと思えばそうではなく、まるでわざわざ水路《すいろ》をつけたように船が通れるくらいの深《ふか》さがありました。そして船をじゃまする岩もなければしずんだ木もありません。それにしてもふしぎなのは島《しま》のなら

びかたです。規則正《きそくただ》しくならんでいるわけではありませんが、不規則《ふきそく》のようにも思えません。水路《すいろ》を迷路《めいろ》にするようにならんでいるようです。そしてどの島《しま》もほぼおなじ高さで、おなじように草がはえ、木がはえています。

ふたごのいう「沼婆《ぬまばあ》さんが出たところ」からは、かなり南へよったはずなのですが、このあたりも、透《す》き通《とお》った水の底《そこ》には枯葉《かれは》と泥《どろ》がびっしりとつもっていました。ほんとうに沼《ぬま》みたいだ、とスキッパーも思いました。

船は水路《すいろ》をえらんで右に左に舵《かじ》をとり、すこしずつ岸《きし》へ近づいていきました。やがて枯葉《かれは》と泥《どろ》の水底《みずぞこ》はだんだんと浅《あさ》くなり、それが砂《すな》まじりになって、船は砂地《すなち》に乗《の》りあげました。西の岸《きし》についたのです。

上陸《じょうりく》すると三人は、じょうぶそうな木に船をロープでつなぎとめました。ふたごはそれぞれリュックをせおいました。お弁当《べんとう》がはいっているんだな、とスキッパーは思いました。

まわりの木は好《す》きなだけ枝《えだ》をのばし、その枝《えだ》にはつるがはいのぼり、たれさがり、足もとの草も元気よく、〈夕陽《ゆうひ》のかけら〉までの道のりは、かんたんではないように見えました。

「あ」

キャンデーの声で、

ほかのふたりも気がつきました。

一頭《いっとう》の鹿《しか》が三人を見ていたのです。

「かわいい」

「こっちを見てる」

「ふしぎそうに見てる」

クッキーとキャンデーの小声に、鹿《しか》は耳を動《うご》かしました。

ひとを見るのが、はじめてなのかもしれない、とスキッパーは思いました。東の岸《きし》の森でも鹿《しか》はときどき見ます。けれどこちらの姿《すがた》を見ると、さっとどこかへ行ってしまうのです。

およそ一分間も見つめあっていたでしょうか。

鹿《しか》はなかまに呼《よ》ばれたのか、もういちど耳を動《うご》かし、それから森の奥《おく》のほうへ、落《お》ち着《つ》いた足どりで歩いていきました。

スキッパーは草や枝《えだ》をかきわけて、鹿《しか》のいたところへ行ってみました。すると思ったとおりでした。鹿《しか》の去《さ》った方向《ほうこう》と、湖《みずうみ》にそった方向《ほうこう》に、けもの道がありました。道といっても、草やしげみのすきまです。動物《どうぶつ》たちがいつも通るのでできる道です。

「この道を通って、あの緑色《みどりいろ》の木のほうへ行けると思うよ」

ふたごはスキッパーが道を見つけたのでよろこびました。

「えらい！」

「さすがは用心棒《ようじんぼう》！」

道を見つけるのは用心棒《ようじんぼう》じゃなくて案内人《あんないにん》じゃないかな、とスキッパーは思いました。

三人は湖《みずうみ》にそって、大きな木をめざして、けもの道を進《すす》みました。道はところどころにころがっている岩をまわりこんで続《つづ》きます。

「……？」

ひとつの岩の前で、スキッパーは立ち止まりました。うしろのふたごも止まります。

「どうかした？」

「なにかあった？」

「これ……」

スキッパーが指《ゆび》さす岩を見て、ふたごもすぐに気がつきました。

岩に見えていたものは、ひとつの岩ではありませんでした。大小の石がくみあわせられてできていたのです。こけや草がはえていて、注意深《ちゅういぶか》く見なければわかりませんでした。

「これって、だれかがつくったみたい」

「これって、古い壁《かべ》みたい」

「このあたりに、だれかが、すんでいた」

「ずっと昔《むかし》に」

「よく見つけた、スキッパー」

「さすがは用心棒《ようじんぼう》！」

古い建物《たてもの》の跡《あと》を見つけるのは用心棒《ようじんぼう》じゃなくて考古学者《こうこがくしゃ》じゃないかな、とスキッパーは思いました。そしてちらっとバーバさんのことを思い出しました。

いったんそのような壁《かべ》を見つけてしまうと、そのあと出てくるどの岩も、ひとがつくった壁《かべ》か柱《はしら》だとわかりました。これまでに通りすぎたところの岩もそうだったのかもしれません。どうやら多くのひとたちがこのあたりにすんでいたようです。

昔《むかし》だれかがすんでいた跡《あと》なんて、スキッパーは、はじめて見ます。それも、自分で気がついたのです。なんだか学者《がくしゃ》になったようで、うれしくて、ひとりにここにこしてしまいました。

三人は腰《こし》をかがめ、けもの道を進《すす》みました。ある大きな岩をまわりこんだときのことです。きゅうに目の前がひらけました。

「あ！」

「わあ！」

「まあ！」

こい緑《みどり》の大きな木がそびえていました。いつのまにか目あての木まで歩いていたのです。でも三人が声をあげたのはこの木を見たからではありません。

「おうち！」

と、クッキーがいいました。

「おうちの跡《あと》！」

と、キャンデーがいいなおしました。

「廃墟《はいきょ》だ……」

と、スキッパーがつぶやきました。廃墟《はいきょ》ということばは、本でしっていました。建《たて》物《もの》や町などのあれはてた跡《あと》のことです。こい緑《みどり》の大きな木は、そのくずれた館《やかた》のま

ったなかに立っていました。

館《やかた》は、こそあどの森でいちばん大きな湯《ゆ》わかしの家の、何倍《なんばい》もの広さがあったように見えます。それが、くずれ残《のこ》った壁《かべ》だけになっているのです。

「(見てみよう!)」

「(探検《たんけん》してみよう!)」

ふたごが声をひそめていいました。声を小さくしたのは、冒険《ぼうけん》の気分《きぶん》を出したかったからです。

こうしてここにこなければ、廃墟《はいきょ》があるなんてだれにもわからないでしょう。なんとか残《のこ》っている石の壁《かべ》で、そこが部屋《へや》だったと想像《そうぞう》できますが、その壁《かべ》さえなければもう自然《しぜん》のままの森のなかです。壁《かべ》や天井《てんじょう》がくずれ落《お》ちてつみかさなり、それからとてもたくさんの時間がたったようです。雨や風や陽《ひ》の光そして植物《しょくぶつ》が、くずれた壁《かべ》や天井《てんじょう》を砂《すな》や土にかえたのです。あるいはうしろの山から土や砂《すな》が流《なが》れこんできたのかもしれません。

部屋《へや》のなかだったところには、木が何本もはえていました。そして草がいっぱいで、いろんな色の枯葉《かれは》も、わざわざ集《あつ》めたようにつもっていました。あちらこちらにウサギのフンがかたまって落《お》ちています。背《せ》の色のきれいな甲虫《こうちゅう》が枯葉《かれは》のあいだから出てきます。陽の当たる壁《かべ》にはトカゲがじっとしています。

こい緑《みどり》の大きな木は、近くで見ると、いよいよ大きく力強く、幹《みき》も根《ね》もうねりながら、壁《かべ》をくずし、押《お》し上《あ》げ、だきこんでのびています。

スキッパーはわくわくしました。ずっと昔《むかし》にだれかがここでくらしていたということ、なにかがあって建物《たてもの》がくずれたこと、そこにある日、種《たね》が落《お》ちて、大きく育《そだ》った木があること、いまは動物《どうぶつ》や虫たちがすみついていること――。あれやこれやを想像《そうぞう》すると、胸《むね》がどきどきしてくるのです。ひとがすんでいたのは、どれくらい昔《むかし》なのでしょう。百年や二百年ではないような気がします。

「いけない、すっかりわすれてた！」

「そう、すっかりわすれてた！」

とつぜんのふたごの声で、スキッパーは空想《くうそう》からひきもどされました。

「〈夕陽《ゆうひ》のかけら〉はこのお城《しろ》のお姫《ひめ》さまが使《つか》っていた鏡《かがみ》だったと思う」

「でなければ、魔女《まじょ》の鏡《かがみ》だったのかも」

そうです。鏡《かがみ》をさがしにきたのでした。でもそれを思い出したことよりも、ここがお城《しろ》だったという考えに心を動《うご》かされました。

――お城《しろ》……。そうかもしれない。どんなひとがくらしていたんだろう。どんなくらしだったんだろう。それが、どうしてくずれたんだろう……。

新しい空想《くうそう》が広がっていくのを、ふたごがやってきて、さえぎりました。

「スキッパー、〈夕陽《ゆうひ》のかけら〉をさがそう」

「手がかりは、この大きな木の近くにあるってこと」

「競争《きょうそう》ね」

「競争《きょうそう》、競争《きょうそう》」

「賞品《しょうひん》は？」

「もちろん〈夕陽《ゆうひ》のかけら〉。

見つけたひとのものになる」

「ようし、キャンデー、負《ま》けない！」

「クッキーも負《ま》けない！」

スキッパーも「負《ま》けない」といわなきゃいけないのかな、とまよっているまに、
ふたごはもう走りまわってさがしはじめました。

けれど、ふたりのさがしている場所《ばしょ》を見て、
スキッパーは思わずいいました。

「あのう……クッキー？」

「わたしはキャンデー」

「ああ、キャンデー、その草むらのなかから、
湖《みずうみ》の東のはしの、きみたちの家が見える？」

「見えない」

「じゃあ、そこにはないよ。だって、きみたちの家から見えたってことは……」

「え？」キャンデーはしばらく考えたあとで「あ、そうか！」といいました。むこうで聞いていたクッキーが目と口を大きくあけたところを見ると、クッキーもわかっていなかったようです。

「ついでにいうと」スキッパーは続《つづ》けました。「西の空も見えるところじゃないとだめだよね。夕陽《ゆうひ》の光を反射《はんしゃ》したんだから」

「さすが用心棒《ようじんぼう》」

ふたごは声をそろえました。こういうことがわかるのは、用心棒《ようじんぼう》じゃなくて……とスキッパーは考えてみましたが、うまく思いつけませんでした。

これだけ手がかりがあれば、すぐにでも見つかるだろうと思いました。けれども、いっこうに鏡《かがみ》は見つかりません。

しかたがないので、お弁当《べんとう》にすることにしました。こい緑《みどり》の大きな木の下で、ドーナツとつめたい紅茶《こうちゃ》のお昼を食べました。

湖《みずうみ》が見えます。風のつくる小さな波《なみ》が、おだやかな秋の陽《ひ》をうけて、キラキラと光っています。

それを見てスキッパーは、〈夕陽《ゆうひ》のかけら〉が太陽《たいよう》の光をうけて光ったことを想《おも》いました。夕方の太陽《たいよう》の光を反射《はんしゃ》させたのなら、昼間のいまだってどこかに太陽《たいよう》の光を反射《はんしゃ》させているかもしれません。スキッパーは、まわりをぐるりと見まわしました。すると、壁《かべ》に、目をひくものを見つけました。

その壁《かべ》は、こい緑《みどり》の大きな木がつくる影《かげ》のなかにありました。光のあたっていない壁《かべ》に、小さな、親指《おやゆび》のつめくらいの大きさの、赤く光る点を見つけたのです。

スキッパーは、ごちそうさまもいわないで、ドーナツをつつんでいた油紙《あぶらがみ》と紅茶《こうちゃ》のはいっていた瓶《びん》をキャンデーにかえしました。そして注意深《ちゅういぶか》く草のしげみをかきわけて、光る点がある壁《かべ》まで進《すす》みました。くずれた壁《かべ》がつみかさなったのでしょう、壁《かべ》ぎわの地面《じめん》は高くなっています。そこにのぼって、そっと手を出してみました。

手のひらに光があたりました。スキッパーは目を細めて、ゆっくりとその光のあたりに、顔をもっていきました。

そんなスキッパーをぽかんと見ていたふたごが、声をかけました。

「スキッパー……?」

「なにしてるの……?」

スキッパーはふたりにいいました。

「ぼく、見つけたかもしれない」

「鏡《かがみ》を?」

「鏡《かがみ》を見つけたの?」

ふたごはいきおいこんで立ちあがりました。

「いや、鏡《かがみ》じゃないな」

「なぁんだ」

返事《へんじ》を聞いてふたりは腰《こし》をおろしました。

「鏡《かがみ》じゃないけど、きっとこれが〈夕陽《ゆうひ》のかけら〉だと思う」

「どういうこと？」

「どこに？」

ふたごはもういちど腰《こし》をあげました。

「そこに。台みたいなものがあって、その上に」

スキッパーが指《ゆび》さすと、クッキーとキャンデーは、先をあらそって、草をかきわけ走り出しました。

くずれた壁《かべ》にかこまれたそのほぼ中央《ちゅうおう》に、台みたいなものはありました。

スキッパーもゆっくり近づきました。なんのための台かはわかりません。大きな石をけずってつくったもののようです。もしかするとその上には、彫像《ちょうぞう》とか日時計《ひどけい》などがのっていたのじゃないか、とスキッパーは思いました。その台の上に、太陽《たいよう》の光をまばゆく反射《はんしゃ》しているものがあります。

「赤いガラス！」

と、クッキーがいいました。
「ちがう！　宝石《ほうせき》！」
と、キャンデーがいいました。
「わたしも宝石《ほうせき》にする！」
と、クッキーがいいなおしました。
ほんとうに宝石《ほうせき》かもしれません。
透《す》き通《とお》った深《ふか》い赤は、
吸《す》いこまれるような色とかがやきです。
けれどこれがもしも宝石《ほうせき》だとすると、
とても大きな宝石《ほうせき》です。
スキッパーの手のひらにちょうど
おさまるくらいなのですから。
　それがほんとうの宝石《ほうせき》かどうかは

ともかく、きちんとけずってみがきあげられた形をしていました。だからするどい光が遠くまでとどいたのでしょう。

その石は、植物《しょくぶつ》の細いつるで、台にしっかりととめてありました。

「これが光ってたの？」

クッキーがいいました。

「そうだと思うよ」

スキッパーがこたえて、三人同時《どうじ》に湖《みずうみ》の東側《ひがしがわ》を見ました。たしかにこの場所《ばしょ》からは、ふたごのすむ、巻貝《まきがい》の家が見えます。

「でも、ここはうしろに壁《かべ》があるから、夕陽《ゆうひ》がさしこまないはず……」

「そう、だからこのあたりはさがさなかった……」

夕陽《ゆうひ》がさしこまなければ太陽《たいよう》の光を反射《はんしゃ》させられません。三人は壁《かべ》をふりかえりました。するとわかりました。壁《かべ》には小さな窓《まど》があけられていたのです。窓《まど》のむこうに西の山と空が見えていました。

9　スキッパーには考えがあるように見える

クッキーとキャンデーが赤い石に手をのばそうとしたとき、スキッパーがいいました。

「これ、持《も》っていってもいいのかな」

いまになってなにをいいだすのかという顔で、ふたごはスキッパーを見ました。

「わたしたち、これをさがしにきた探検隊《たんけんたい》のはず」

「そう、そのために湖《みずうみ》のむこうからきたはず」

そういって、もういちど石に手をのばしました。スキッパーはあわてていいました。

「でも、だれかがここにゆわえつけたんだよ」

台はとても古いものですが、石をくくりつけたのは、ごく最近《さいきん》のように見えます。つるからのびた葉《は》が、まだ完全《かんぜん》に枯《か》れてはいないのです。

「ゆわえつけたひとのものじゃないかな」

というスキッパーに、

「じゃあちょっとかりるだけ」

と、クッキーがいいました。

「でも、だまって……」

スキッパーがいいかけると、キャンデーは声をはりあげました。

「この赤い石をォ、ちょっとかりていきまァす！」

クッキーも続《つづ》けました。

「わたしたちはァ、湖《みずうみ》の東側《ひがしがわ》の島《しま》にィ、すんでまァす！」

これでどうだ、という目でふたりはスキッパーを見ました。

「でも、いまの声が聞こえていなかったら……」

スキッパーがいい終《お》わらないうちにクッキーはリュックのところにひきかえしました。そしてかわいいメモ帳《ちょう》と鉛筆《えんぴつ》を持《も》ってもどってきました。ひと文字《もじ》ずつ声にだしながら書きました。

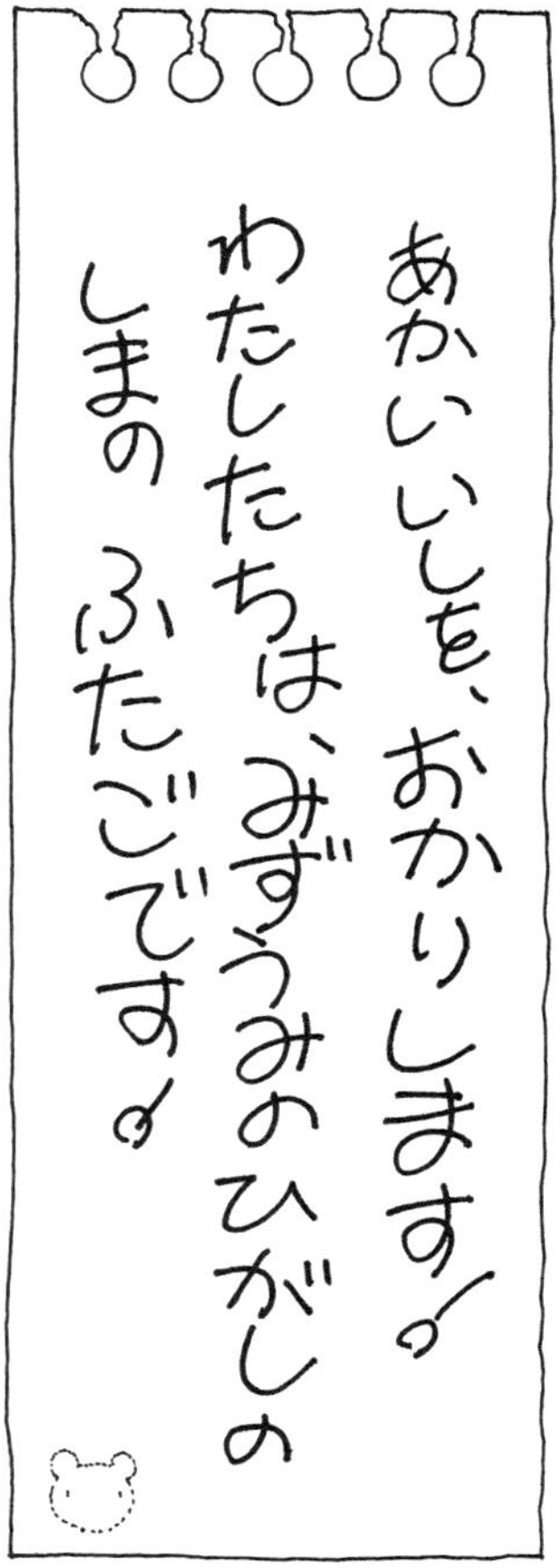
あかいいしを、おかりします
わたしたちは、みずうみのひがしの
しまの ふたごです

そしてメモ帳《ちょう》のページをやぶり、ちょっとやそっとの風では飛《と》びそうにもない大きな石をおもしにして、台の上におきました。

スキッパーはもう反対《はんたい》できませんでした。ふたごは、つるをほどき、赤い石を手にいれました。

「ねえ、それ、だれがここにおいたんだろ」

スキッパーはふしぎでした。まわりにはひとのすんでいる気配《けはい》はまったくないのです。そうです。鹿《しか》だってめずらしそうにスキッパーたちを見たくらいです。

でもふたごは赤い石がうれしくて、陽《ひ》にかざしたり、おもさをはかったり、キャツキャと笑《わら》ってばかりいます。

「ねえ、それ、なんのためにここにおいたんだろ」

これもふしぎです。だれかがわざわざここまでやってきて、この台に、つるでゆわえつけた理由《りゆう》はなんでしょう。ふたごはそんなことは気にしていないようです。

「もしかすると、だれか別《べつ》のひとが、ここにそれをうけとりにくることになってたんじゃないかな」

いいながらスキッパーは、それはないだろうなと思いました。こんなに何年もひとがやってこないところで、そんなやりとりをするとは思えないからです。雨と風と太陽《たいよう》で、つるはすぐに弱るでしょう。つるがはずれると、鳥やけものがどこかへやってしまうかもしれないのです。

けれどふたごは、だれかがうけとりにこないうちにひきあげようと思ったのか、ささっとまわりを見まわし、

「さあ、帰ろう」

「そうそう、帰ろう」

「〈夕陽《ゆうひ》のかけら〉も見つけたし」

「お弁当《べんとう》も食べたし」

「さあ帰ろう」

「ヨットに乗《の》って帰ろう」

などといいながら、帰りじたくをはじめました。

いいんだろうか、とスキッパーは思いました。でも、いっしょに帰らないわけにはいきませんでした。

帰り道で見ると、あちらこちらにつきでた岩は、やっぱり人の手でつくられた柱《はしら》や壁《かべ》の一部《いちぶ》のようでした。赤い石があった廃墟《はいきょ》ほどがっしりとした建《た》て物《もの》ではなかったので、ほんの一部分《いちぶぶん》だけが残《のこ》っているのです。

ヨットは、さっき乗《の》りあげたところで、ちゃんと待《ま》っていました。船を水にうかべたあと、きたときとおなじように、クッキーがオールを、キャンデーが舵《かじ》を握《にぎ》り、

スキッパーがへさきにすわりこみました。

水路《すいろ》を進《すす》んでいると、スキッパーは、この不自然《ふしぜん》な島《しま》のようす、つまり島《しま》と島《しま》のあいだが道のように深《ふか》くなっているわけがわかりました。これは建物《たてもの》の跡《あと》だったのです。建物《たてもの》の壁《かべ》か柱《はしら》か土台《どだい》かの跡《あと》が島《しま》になって残《のこ》っていて、ちょうど道だったところが水路《すいろ》になっているのです。その道が曲《ま》がりくねっていたので、水路《すいろ》も迷路《めいろ》のようになったのです。きっと、ここでひとがくらしていたころよりも湖《みずうみ》の水位《すいい》があがって、しずんだのにちがいありません。

そんなことを考えながらヨットの前の水を見ていると、透《す》き通《とお》っていた水が、泥《どろ》や枯葉《かれは》できゅうににごってきたのに気がつきました。

スキッパーはふりかえって、ふたごにいいました。

「大きな魚でも暴《あば》れたのかな。きゅうに水がにごってきた」

ふたごははっと息《いき》をのみました。

「だれが赤い石をあそこにおいたのか、わかった気がする……」

キャンデーが舵《かじ》を握《にぎ》ったまま、つぶやくようにいいました。

「わたしも、気がする……」

クッキーも、一瞬《いっしゅん》オールを止めていいました。

キャンデーはいそいでリュックのなかから赤い石をとりだすと、クッキーにわたしました。

「〈夕陽《ゆうひ》のかけら〉は、見つけたひとのものになるはずだった」

とつぜんなにをいいだすのだろうと、スキッパーは思いました。ふたごときたら、見つけたスキッパーには、まだ石にさわらせてもくれなかったのですから。

「そう、約束《やくそく》は守《まも》らないといけない」

クッキーもそういって、キャンデーからうけとった石を、すぐにスキッパーにわたしました。

赤い石は思ったよりもおもさがあり、つめたいけれどすいつくように、スキッパーの手のひらにおさまりました。

「どうする？　ほかに道がある？」

「だめ。ぜんぶふさがれてしまった」

小声でたずねるクッキーに、キャンデーがこたえています。なにがだめなんだろう。なにがふさがれてしまったんだろう。わけがわからずスキッパーもあたりを見まわしました。

どうしたことでしょう。朝やってきたときの水路《すいろ》とすっかり感《かん》じがかわっています。いま、この船から見えているすべての水路《すいろ》が、ゆきどまりになっているのです。

「どうして、こうなっているの？」

スキッパーがたずねると、ふたごは声をそろえてささやきました。

「(沼婆《ぬまばあ》さん)」

思わずスキッパーはおうむがえしにたずねました。

「沼婆《ぬまばあ》さん？」

ふたごはうなずいていいました。

「センセイ、おねがいします」

「センセイ、出番《でばん》です」

スキッパーは首をひねりました。

「なんのこと?」

「スキッパーは用心棒《ようじんぼう》でしょ」

「沼婆《ぬまばあ》さんのための用心棒《ようじんぼう》をひきうけたでしょ」

「用心棒《ようじんぼう》ってたいてい、〝センセイおねがいします〟っていわれてる」

「でなければ、〝センセイ出番《でばん》です〟っていわれてる」

スキッパーは声も出ませんでした。〈沼婆《ぬまばあ》さんがほんとうにいるごっこ〉ではなかったというのです。沼婆《ぬまばあ》さんがほんとうにいるというのです。ふたごはさっきからずっとまじめな顔で、ヨットの進《すす》む方向《ほうこう》を見ています。スキッパーもおそるおそるふりかえりました。

湖《みずうみ》に出るはずの水路《すいろ》をふさいで、島《しま》と島《しま》のあいだにはさまるように、朝には見なかった島《しま》がありました。数本の木がたっていて、その木の根《ね》のあたりに卵型《たまごがた》の家がありますふたごのいっていたとおりです。なにかに似《に》た形だ、とスキッパーは思いました。そうです。トゲウオが水の底《そこ》でこんな形の巣《す》をつくるのを、本で見たことがあります。いえ、そんなことを思い出している場合ではありません。

「(いざとなったら、走れば逃《に》げられるからね、スキッパー)」

「(いざとなったら、ヨットはすてちゃってもいいからね、スキッパー)」

「(沼婆《ぬまばあ》さんは指《ゆび》の力は強いからね)」

「(つかまらなければだいじょうぶだからね)」

ふたごはつぎつぎと助言《じょげん》をしてくれました。ヨットは帆《ほ》もあげていないしオールでこいでもいないのに、にごった水の流《なが》れにのって、家のある島《しま》に近よっていきます。

ふたごが、いまはじめて気がついたようにいいました。

「も、もしかしたら、赤い石は沼婆《ぬまばあ》さんのものじゃないかな」

「そ、それだったらかえしたほうがいいかな。スキッパー、そこんとこ、よろしくね」

家のむこう側《がわ》から、ゆっくりゆっくり歩いてくるひとかげがあります。髪《かみ》の毛《け》がぼうぼうにのびたひとです。明るい光のなかに出てきました。目を細めています。まぶしいのでしょうか。うれしいのでしょうか。

スキッパーは大きく息《いき》をのみました。

「(あ、あのひと……？)」

ふたごは、おおいそぎでいいました。

「(そう、あのひと！)」

「(沼婆《ぬまばあ》さん！)」

「(センセイ、おねがいします)」

「(センセイ、出番《でばん》です)」

ヨットはすいつけられるように島《しま》に近づき、ゆっくりと横《よこ》に向《む》きをかえて、船《ふな》べりを岸《きし》につけました。

スキッパーはすっと立ちあがり、じぶんから島《しま》にうつりました。島《しま》に足をかけたとき、かすかに島《しま》がゆれたように感《かん》じました。そして、おばあさんに近よると、石を握《にぎ》った手をさしだし、指《ゆび》をひらきました。赤い石が昼すぎの陽《ひ》の光にきらりとかがやきました。

「(手を出すのはまずい!)」

「(手を握《にぎ》られる!)」

船のなかにすわったままのふたごが、ささやきました。

おばあさんは赤い石とスキッパーとふたごを、見くらべるように目を走らせました。まぶしいのかうれしいのか、それとももっとほかのことを考えているのか、よくわからない表情《ひょうじょう》です。その口が、すこしふるえて、ことばがでました。

「ほ、ほんとうに、ほんとうに、つれてきてくれたのねえ」

「(つれてきてくれたって、だれがだれを?)」

「(わたしたちが、スキッパーを?)」

「（まさか！）」

「（だけど……！）」

おばあさんはゆっくりと両手《りょうて》で、さし出された石を、スキッパーの手といっしょに握《にぎ》りしめました。ふたごは小さく「ひっ」と声をあげました。

「（つかまれた！）」

「（だからいってるのに！）」

「さあ、なかにはいりましょう」おばあさんはふたごを見ました。「レタスちゃんとキャベツちゃん、あなたたちもね」

「わたしはキャンデー」

「わたしはクッキー」

思わずふたごはこたえてしまいました。

「ああ、年をとるとわすれっぽくなってねえ。ええっと、あなたは……？」

おばあさんはスキッパーを見ました。

「ぼく、スキッパー」

「ああ、そうそう、スキッパー、スキッパー。おぼえていますよ。スキッパー、キャンデー、クッキー。さあ、おはいりなさい」

スキッパーはふたごにうなずいて、目ではいろうと合図《あいず》しました。それからおばあさんに左手を握《にぎ》られたまま、家のなかにはいっていきました。

「(どうする?)」

「(スキッパーには考えがあるみたい)」

「(いざとなったら走って逃《に》げられる)」

「(きっと沼婆《ぬまばあ》さんもゆだんする)」

ふたごも上陸《じょうりく》して、おそるおそる、家のなかにはいっていきました。おどろいたのは、スキッパーが手を握《にぎ》られずに、テーブルのいすにすわっていたことでした。テーブルのまんなかには箱《はこ》があって、箱《はこ》のなかは布《ぬの》が張《は》られていて、そこにあの赤い石がはいっていました。

「(スキッパー、逃《に》げよう!)」

「(いまなら逃《に》げられる!)」

ふたごが小声でいうと、スキッパーのうしろでむこうをむいていたおばあさんがふりかえりました。手には大きな包丁《ほうちょう》を持《も》っています。

「どうして逃《に》げるのよう」

ふたごは息《いき》をのみました。聞こえてしまったのです。

「逃《に》げませんよ、ユラの入江《いりえ》のおばあさま」

いそいでスキッパーがいいました。

「ユラの入江《いりえ》の……!」

おばあさんがつぶやくようにくりかえしました。スキッパーは続《つづ》けました。

「そう、ユラの入江《いりえ》のおばあさま。ぼくたち三人は、おばあさまのスープをのんで、おばあさまの魚料理《りょうり》を食べることになっているんですから」

おばあさんの目がきらりと光って、ほおが赤くなったように見えました。暖炉《だんろ》の火がぼわっと大きくなったせいかもしれません。おばあさんは一、二度《ど》ゆっくりうなずくと、むこうにむきなおり、包丁《ほうちょう》でなにかをきざみはじめました。その音にかくれて、ふたごはもっと小さい声でささやきあいました。

「（ユラの入江《いりえ》のおばあさま、だって！）」

「（スープと魚料理《りょうり》だって！）」

「（スキッパーはどんな考えがあって、あんなことをいうんだろう）」

「（なにか作戦《さくせん》を思いついたにちがいない）」

「（でなければ）」

「（でなければ？）」

「（沼婆《ぬまばあ》さんに魔法《まほう》をかけられて、おかしくなっているのかも）」

「（まさか！）」

「（だけど……！）」

「（そういえば）」

「(そういえば?)」

「(さっきの、つれてきてくれたというのは、スキッパーがわたしたちをつれてきたってことだったのかも)」

「(まさか!)」

「(だけど……!)」

「(気をつけよう!)」

「(もしかすると、ねらいは、わたしたち……?)」

「(ねらい、というと……)」

「(スープのなかみ……)」

ふたごが顔を見あわせてだまりこんだところで、とつぜんおばあさんがいいました。

「さあ、スープができましたよう」

「(え!?)」

「(スープが……、できた……?)」

おばあさんはテーブルにスプーンをならべました。それからお皿《さら》を三つ用意《ようい》し、そこに大きな鍋《なべ》からスープをそそぎ、さっききざんでいたハーブを上からふりいれ、テーブルに運《はこ》びました。

「(わかった!)」

「(わたしも、わかった!)」

「(魚料理《りょうり》、というのがあやしい!)」

「(わたしたち、魚料理《りょうり》にされるらしい!)」

と、からだをかたくしたところでスキッパーがいいました。

「おいしい!」

見るとスキッパーはスープをひと口すすったところでした。

「(おいしい、といっている!)」

「(スキッパーは魔法《まほう》をかけられているからおいしいといっているのかもしれない)」

「(作戦《さくせん》でおいしいといっているのかもしれない)」

「（ほんとうにおいしいかどうか、たしかめなければわからない）」

「（それには、すこしのんでみなければわからない）」

「（あやしかったら、すぐに逃《に》げられる）」

「（走れば、沼婆《ぬまばあ》さんは追《お》いつけない）」

ふたごはテーブルにさっと近より、すばやくスプーンでひと口のんでみました。

「（おいしい！）」

「（おいしい！）」

「（これは、わたしたちをゆだんさせるためのおいしさかも！）」

「（そう！　ゆだんしないで、もうひと口）」

ふたごは、ゆだんしないでもうひと口、ゆだんしないでもうひと口といいながら、

ぜんぶのんでしまいました。もちろん、スキッパーもです。それは貝の味《あじ》と、いくつかのハーブがくみあわさった、やさしくこくのあるスープでした。スープをのみ終《お》わったあたりで、暖炉《だんろ》のなかで、なにかが爆《は》ぜたような、こもった音がいくつかしました。するとおばあさんが低《ひく》い声でつぶやきはじめました。おなじことばをくりかえしているようです。

「(イノチイタダキマスって、いってる……?)」

「(……だれかのイノチ、イタダキマスって、いってる!)」

ふたごがからだをかたくしました。

「だいじょうぶ」

スキッパーがうなずきました。

おばあさんはつぶやきながら、ぶあつい手袋《てぶくろ》をつけ、暖炉《だんろ》のなかから、もうひとつの鍋《なべ》をとり出してきました。それは三本足の鉄鍋《てつなべ》で、平《ひら》たい鉄《てつ》のふたの上でも薪《まき》が燃《も》やせるようになっている、鍋《なべ》オーブンでした。

つぶやきが終《お》わると、おばあさんはふたをはずしました。こうばしくて、さわやかで、深《ふか》みのあるいい匂《にお》いが、湯気《ゆげ》といっしょに広がりました。

「さあ、サカナの料理《りょうり》もできましたよう」

おばあさんは新しいお皿《さら》に魚をもりつけました。

「(えっ、どういうこと?)」

「(沼婆《ぬまばあ》さんは、子どもを鍋《なべ》で煮《に》ないわけ?)」

いつのまにかふたごも、いすにすわっていました。こんないい匂《にお》いをかぐと、食べないわけにはいきません。身《み》を口のなかにいれると、スキッパーもふたごも、目を丸くして顔を見あわせました。生まれてはじめて出会った味《あじ》です。サカナって、こんなにおいしかったでしょうか。さわやかでこうばしい香《かお》りに包《つつ》まれたその身《み》は、口にいれてひと口ふた口かむあいだに、魔法《まほう》のようにやわらかくとけ、塩味《しおあじ》でひきだされたうまみが、いっぱいに広がるのです。

三人が食べているのを、おばあさんはじっと見ていました。こみあげてくるうれしさをおさえきれずに笑《わら》ってみたり、きゅうにあふれる涙《なみだ》をぬぐってみたり、心が遠くへとんでいってしまったみたいにぼんやりしてみたり、おばあさんの表情《ひょうじょう》はつぎつぎにかわりました。

「ごちそうさまでした」

スキッパーがいうと、ふたごも「ごちそうさまでした」と、小声でかさねました。

「じゃあ、ぼくたち、帰ります」

スキッパーが立ちあがり、ふたごも続《つづ》きました。

「あ、出口は……」

奥《おく》の扉《とびら》を指《ゆび》さすキャンデーにうなずいてから、スキッパーはおばあさんにむきなおりました。

「ユラの入江《いりえ》のおばあさま。入江《いりえ》の名前は呼《よ》び続《つづ》けるからね」

「ああ……、ああ……」

おばあさんはがくがくとうなずくと、涙《なみだ》があふれる顔をかくそうともせず、からだから力がぬけたように、いすにすわりこみ、テーブルにひじをつきました。

そのとき、島《しま》がぐらりとゆれました。

「いそごう」

スキッパーとふたごは奥《おく》の扉《とびら》から出ました。島《しま》がもういちどぐらりとゆれ、ゆっくりしずみはじめました。三人は家の外をまわって、おおいそぎでヨットまで走りました。ヨットに乗《の》りこむのと同時に草の上を水がおおいました。

島《しま》がどんどんしずんでいきます。ここの水はこんなに深《ふか》かったのでしょうか。扉《とびら》がしずみ、家がしずみ、煙突《えんとつ》が最後《さいご》の煙《けむり》をはいてしずみ、島《しま》にはえていた木が一本、一本と水のなかに消《き》え、おしまいの木の梢《こずえ》がすうっと水にひきこまれると、水の底《そこ》から大量《たいりょう》の泥《どろ》と枯葉《かれは》がふきあがるようにまいあがり、続《つづ》いて数えきれない小さな小

さな泡《あわ》がうかびあがって水面《すいめん》ではじけました。

「あ、むこうの島《しま》も……」

「あ、あっちの島《しま》も……」

ふたごの声にスキッパーはまわりを見ました。水路《すいろ》をゆきどまりにしていたいくつもの小島《こじま》が、おばあさんの島《しま》とおなじように、しずんでいくところでした。

「あ、泥《どろ》と枯葉《かれは》が……!」

こんどはスキッパーがいいました。ヨットのまわりを、泥《どろ》と枯葉《かれは》が流《なが》れていくのです。水路《すいろ》の奥《おく》から湖《みずうみ》の深《ふか》みにむかって、ヨットを追《お》いこして、つぎからつぎへと流《なが》れていきます。やがて流《なが》れに押《お》されるように、ヨットもゆっくりと湖面《こめん》に出ていきました。

いつまでも続《つづ》くかと思えた泥《どろ》と枯葉《かれは》の流《なが》れは、いつのまにか、すみきった水にかわっていきました。ずいぶん深《ふか》い水底《みずぞこ》まで、陽《ひ》の光が線になってさしこんでいるのが見えました。

「泥《どろ》と枯葉《かれは》が行ってしまった」

「どうしてきゅうになくなってしまったんだろう」

ふたごが首をひねりました。

「ユラの入江《いりえ》のもとの姿《すがた》にもどったんじゃないかな」

スキッパーは小声でこたえました。

ふたごがスキッパーを見ました。

「スキッパー、いったいなにがあったの？」

「スキッパー、わたしたちがしらないことをしってるでしょ」

「話して！」

「話してよ、スキッパー！」

10　スキッパーはわけを話す

「どうしてきゅうにおばあさまって呼《よ》んだの？」

「どうして赤い石をはじめにさしだしたの？」

「どうしてわたしたちがお鍋《なべ》で煮《に》られてしまわないって思ったの？」

「どうしてスープをのもうって思ったの？」

「どうして料理《りょうり》のことを……」

「どうしてユラの入江《いりえ》って……」

「どうして入江《いりえ》の名前を呼《よ》び続《つづ》けるって……」

「どうして……」

つぎからつぎへとふたごが質問《しつもん》をくり出すので、スキッパーはなにもいえません。

「キャンデー、すこしだまって。スキッパーが話せない」

「クッキー、静《しず》かにして。スキッパーの話を聞かなくちゃ」

ふたりがそういいあってだまると、スキッパーはいいました。

「先に帆《ほ》をあげない？」

ふたごはいそいでセンターボードをおろし、帆《ほ》をあげました。風はかすかな横風《よこかぜ》で、ひとが歩くよりもゆっくりとヨットは進《すす》みはじめました。

スキッパーは、どういう順序《じゅんじょ》で話していけばいいのか考えているようでした。キャンデーとクッキーは、いつものふたりにくらべればしんぼう強く、だまってスキッパーのことばを待《ま》っていました。船首《せんしゅ》にすわったスキッパーは、やがてふたりのほうにむきなおると、話しはじめました。

「おばあさまがあらわれる前に、ぼくに赤い石をわたしたよね。あのとき、ぼく、きっと、読めたんだと思う」

「ヨメタ？」

「ヨメタってなに？」

思わずふたごは口をはさみました。

「だから、石を……」いいかけてスキッパーは、これについては説明《せつめい》しなくちゃいけない、と思いました。「バーバさんからの手紙に書いてあったんだ。石読みっていうことができるひとがいてね、そのひとは石にさわると、その石の記憶《きおく》を自分のものにできるんだ。それを、石を読むっていうんだって。ぼく、ずっと練習《れんしゅう》してたんだけど、だめだった。それが、あの石をうけとった瞬間《しゅんかん》にできたんだ。練習《れんしゅう》していたからできたのか、あの石に特別《とくべつ》な力があったからできたのか、わからないけど」

ふたごは、うたがわしそうな目でスキッパーを見ました。

「あれはやっぱり宝石《ほうせき》だったよ。深紅水晶《しんくすいしょう》っていってね、とってもめずらしいんだって」

たまらずにクッキーがいいました。

「『わたしは深紅水晶《しんくすいしょう》です』って、あの石がいったの？」

スキッパーは首をふりました。

「石はいったりしないよ。石のまわりでひとがいったことばを、石がおぼえているんだ」

「じゃあ、石には耳があるってこと？」

こんどはキャンデーがいいました。

「ああ、耳って感《かん》じじゃないんだけどな……。目だってないんだけど、まわりのようすとか、のぞきこむひとの表情《ひょうじょう》とか、部屋《へや》のようすとかもわかるよ。そうそう、あの石は〈夕陽《ゆうひ》のかけら〉じゃなくて〈夕陽《ゆうひ》のしずく〉って呼《よ》ばれてたんだ。ふたりがつけた名前、ほとんどあってたよ。すごいね」

「〈夕陽《ゆうひ》のしずく〉……」

ふたごは顔を見あわせました。まだしんじられないのです。クッキーがたずねました。

「その……、石を読むって、どんな感《かん》じ？」

スキッパーはすこし考えました。

「読むっていっても、本を読むのとはぜんぜんちがう。一瞬《いっしゅん》のことで……、手にしっとりとさわった感《かん》じがあって、そのあとは、もうなにもかもしってる……」

「なにもかもって……？」

「石のまわりであったことは、なにもかも……」

スキッパーは話し出しました。

「あの石は、暗《くら》いところにいたんだ。おぼえている時間のほとんどはその暗闇《くらやみ》なんだよ。もう、いやになるほど長いあいだ、じっとしていた。大きな岩にくっついていたらしい。あれは地震《じしん》なんだろうか、岩がふるえるとぼくも、いや、石もふるえるんだ。ごうごうと音が伝《つた》わってくるときもあったし、静《しず》まりかえった時間が続《つづ》くこともあった。遠くのほうでなにかがくだけちる音や、ぴしっとひびがはいる音、ざあっとくずれる音がひびいてくることもあったんだ。暗《くら》いなかでね」

何万年か何億《おく》年かわからないほど長いあいだ、赤い石は暗闇《くらやみ》のなかにいた。ところがあるとき、はじめて聞く音と、はじめて見る光が近づいてきた。そしてとつぜん強い光に照《て》らされ、すぐ近くで声が聞こえた。

——おい見ろよ、こりゃすげえ!

——こんなのは見たことがねえぞ！

はげしい音とショックがあって、赤い石は岩からはずされた。

運《はこ》び出《だ》されてからはじめて、それまでの長い時間をすごしたのは、山のなかのほら穴《あな》の、奥深《おくぶか》い場所《ばしょ》だったことがわかった。そのあと布《ぬの》にくるまれ、運《はこ》ばれて、布《ぬの》から出されると別《べつ》のひとがのぞきこんでいた。

——これはすごい！　深紅水晶《しんくすいしょう》だぜ！　それもこんなに大きい！　ひきとろう。

そして布《ぬの》にくるまれ、運《はこ》ばれる。そんなことが続《つづ》いた。そしてあるところで、

——おまかせください。みごとにみがきこんでごらんにいれましょう。

というひとの手にわたり、けずられ、みがかれ、石がおさまる型《かた》に布《ぬの》を張《は》った箱《はこ》にいれられた。〈夕陽《ゆうひ》のしずく〉という名前は、そのときつけられた。

それからは着飾《きかざ》った人たちが箱《はこ》をあけてはおどろきの声をあげた。

——しんじられない。ぜひゆずってくれ。

——奇跡的《きせきてき》な光の反射《はんしゃ》ですな。おいくらで手離《てばな》されますかな。

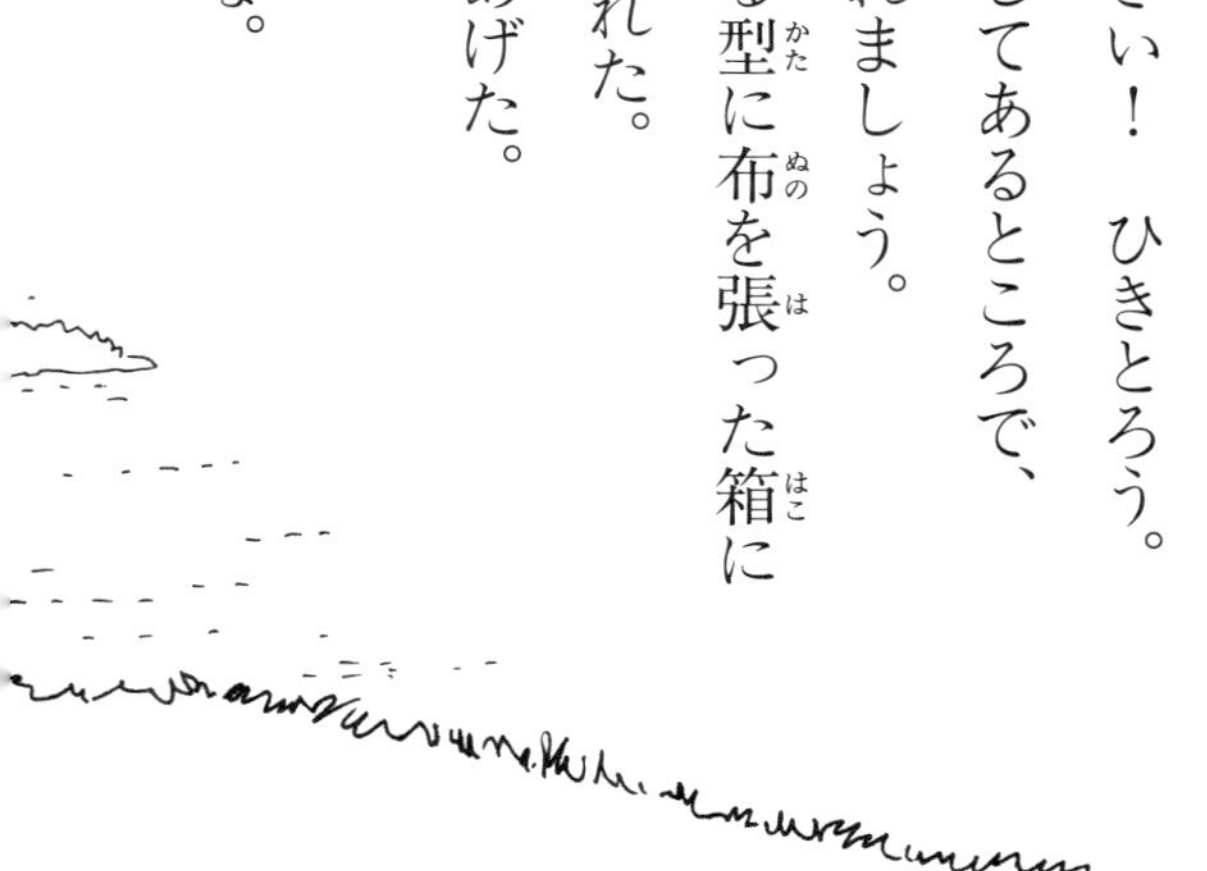

——なんて鮮《あざ》やかなの！　それにこんなに透《す》き通《とお》って……！　ほんとうにいただけますの？

などといわれながら、いろんな人の手にわたった。

宝物《たからもの》をいっぱい集《あつ》めている王さまのものになったときのことだ。その国のお姫《ひめ》さまが、この〈夕陽《ゆうひ》のしずく〉を持《も》って、恋人《こいびと》といっしょにこっそりと城《しろ》を逃《に》げ出した。海をわたり、野を歩き、山をこえ、たどりついたのがこの湖《みずうみ》だった。

そのあたりは湖《みずうみ》が陸地《りくち》にはいりこんだ地形、入江《いりえ》になっていて、大きな館《やかた》が丘《おか》の中腹《ちゅうふく》にあった。館《やかた》から湖《みずうみ》にかけて数十の家があり、さらにそのまわりに、畑《はたけ》があり、牧場《ぼくじょう》が

あり、岸辺《きしべ》には魚をとる船がつながれていた。

「その館《やかた》って、さっきのお城《しろ》の跡《あと》……？」

たまらずにクッキーが口をはさむと、キャンデーもだまってはいられませんでした。

「赤い石が畑《はたけ》や船を見たの？」

スキッパーは、クッキーにうなずきました。

「うん。あれが館《やかた》の跡《あと》」

それからキャンデーにいいました。

「赤い石は畑《はたけ》や船を見ていない。お姫《ひめ》さまと恋人《こいびと》との話を聞いていたんだ。『ほら、あそこに船がつながれている』『なんの船かしら』『きっと湖《みずうみ》で魚をとるんだろう』とかの話をね」

館《やかた》には、領主《りょうしゅ》がすんでいた。殿《との》さまと呼《よ》ばれていた。

――〈夕陽《ゆうひ》のしずく〉をさしあげますから、わたしたちをかくまってください。

と、お姫《ひめ》さまは館《やかた》の殿《との》さまにたのんだ。殿《との》さまはやさしいかただった。

――それはあなたたちが持《も》っていなさい。あなたたちは、好《す》きなだけここにいてもいい。あなたたちはここでできる仕事《しごと》を見つけなさい。

お姫《ひめ》さまと恋人《こいびと》は夫婦《ふうふ》になり、この館《やかた》でくらすことになった。ふたりが見つけた仕事《しごと》は、村の人たちや子どもたちに、読み書きを教えることだった。赤い石は館《やかた》の中のふたりの部屋《へや》におかれたから、ふたりが部屋《へや》で話すことはぜんぶ聞いた。いろんなことがわかった。

館《やかた》の奥方《おくがた》さまはヒトではなく、水の精《せい》だった。お姫《ひめ》さまも夫《おっと》も、それをしってもおどろきはしなかった。そのころは、木の精《せい》や土の精《せい》、水の精《せい》とヒトは、親しくつきあっていたからだ。ヒトがある土地に名前をつけて呼《よ》ぶようになると土の精《せい》が、湖《みずうみ》や川に名前をつけて呼《よ》ぶようになると、そこに水の精《せい》が生まれる。精《せい》たちは、ヒトの姿《すがた》になることができた。ヒトと精《せい》はなかよくまじわり、ヒトは木や土地や湖《みずうみ》を大切にしたし、木や土地や湖《みずうみ》もヒトを大切にした。

この入江《いりえ》に水の精《せい》が生まれたのは、ずっと昔《むかし》のことだ。何代《なんだい》も前の殿《との》さまと一族《いちぞく》が、戦《いくさ》を逃《のが》れてやってきて、ここをユラの入江《いりえ》と名づけたときに生まれた。深《ふか》い水《みず》底《ぞこ》まで、ユラユラと陽《ひ》の光がさしこむのを見て、そう名づけた。

お姫《ひめ》さまたちを助《たす》けてくれた殿《との》さまとその奥方《おくがた》さまのあいだには、子どもはいなかった。館《やかた》でくらすようになったお姫《ひめ》さまとその夫《おっと》のあいだに生まれた子どもが成《せい》長《ちょう》すると、もう年をとっていた館《やかた》の殿《との》さまは、その子に領主《りょうしゅ》の座《ざ》をゆずった。

やがて館《やかた》の殿《との》さまが亡《な》くなると、やはり年をとっていた奥方《おくがた》の水の精《せい》は、生まれかわることにした。

水の精《せい》はもともと魚とか竜《りゅう》とか亀《かめ》とかの、水にすむものの形をしている。奥方《おくがた》はユラの入江《いりえ》の水の精《せい》で、もとは魚の形をしていた。きれいな水で、陽《ひ》の光がさしこみ、水草が育《そだ》つところにすむ魚、トゲウオの形だ。そしてユラの入江《いりえ》の水の精《せい》は女《じょ》性《せい》だった。

水の精《せい》は水にすむものの形で水のなかにいれば、その川や湖《みずうみ》がなくならないかぎり生き続《つづ》けることができる。けれどヒトの形をしていると、ヒトとおなじように年《とし》老《お》いる。年老《としお》いても、水の精《せい》は、新しい命《いのち》と新しい心を持《も》った若《わか》い水の精《せい》に生まれかわることができる。ただし、その呼《よ》び名《な》をヒトが使《つか》わなくなれば、生まれかわれない。ユラの入江《いりえ》の水の精《せい》は、ヒトが〈ユラの入江《いりえ》〉と呼《よ》ばなくなると、新しく生まれかわれず、死《し》に絶《た》えてしまうのだ。

奥方《おくがた》の水の精《せい》から生まれかわった若《わか》い水の精《せい》も、館《やかた》の人たちと親しくした。というのも、館《やかた》の殿《との》さまは、水を祀《まつ》る役目《やくめ》をしていたからだ。水辺《みずべ》の一族《いちぞく》は、水をそまつにしては生きていけない。水に感謝《かんしゃ》し、大切にする気持《きも》ちをあらわすのが水の祀《まつ》りだ。当然《とうぜん》水の精《せい》とも親しくなる。かならずしも水の精《せい》が奥方《おくがた》になるわけではないのだが、多くの水の精《せい》がこの館《やかた》の殿《との》さまの奥方《おくがた》になった。館《やかた》の南の庭《にわ》に飾《かざ》られている石像《せきぞう》は、館《やかた》が建《た》てられたときの奥方《おくがた》の水の精《せい》だという。

そうして何年もたち、〈夕陽《ゆうひ》のしずく〉は館《やかた》の宝物《たからもの》として代々伝《だいだいつた》えられ、水の精《せい》も何人も生まれかわり、やがてある水の精《せい》の時代《じだい》になった。

この水の精《せい》は奥方《おくがた》にはならなかったが、多くの人の相談相手《そうだんあいて》、話《はな》し相手《あいて》になり、たよりにされ、みんなに愛《あい》されていた。ヒトの妻《つま》にならなかったので、ときどきユラの入江《いりえ》の水のなかに帰った。水のなかでは年をとらない。そのため、三代《だい》の殿《との》さまとつきあった。三代《だい》目の殿《との》さまには四人の子どもがいて、水の精《せい》は子どもたちの遊《あそ》び相手《あいて》であり、教育係《きょういくがかり》でもあった。四人の子どもたちは水の精《せい》を〈おばあさま〉と呼《よ》んだ。ヒトの年齢《ねんれい》でいえば、もう七十才をこえていたのだ。

ところが、館《やかた》がとつぜん攻《せ》められた。理由《りゆう》はわからなかった。攻《せ》めてきたのは大きな強い国だった。その国とはちがう神《かみ》さまを、ここの人たちがしんじていたのが気にいらなかったからかもしれないし、大きな国のだれかが〈夕陽《ゆうひ》のしずく〉を手に入れたくなったからかもしれない。

気がつけばすっかりとりかこまれていた。

殿《との》さまと奥方《おくがた》さまは、子どもだけは逃《に》がしてやりたいと考えた。そこで水の精《せい》にたのんだ。

——わたしたちはおそらく助からないだろう。子どもたちのことを、ユラの入江《いりえ》のおばあさま、あなたにたのみたい。家に伝《つた》わる〈夕陽《ゆうひ》のしずく〉をいっしょに持《も》って行ってくれ。いつか役《やく》に立つはずだ。もしも敵《てき》がそれをねらっているのなら、にせの〈夕陽《ゆうひ》のしずく〉を持《も》ち帰《かえ》ってもらうことになるだろう。

おばあさまはことわった。四人の子

どもを育《そだ》てるには、ずっとヒトの姿《すがた》をしていなければならず、それには年をとりすぎていたからだ。それに、水の精《せい》というものは、いったん約束《やくそく》をしたら、それを果《は》たしたと自分で納得《なっとく》するまで生まれかわれない。生まれかわる年齢《ねんれい》になってもまだ果《は》たせないような約束《やくそく》はできない、というのだ。

殿《との》さまと奥方《おくがた》さまはもっともだと思った。

——ではおばあさま、短《みじか》い時間の約束《やくそく》をしてください。いまからあなたの家に子どもたちをつれていき、あなたの料理《りょうり》を食べさせてやってほしいのです。そして、そのあいだ〈夕陽《ゆうひ》のしずく〉をあずかってください。それだけならおねがいできますか。

そういわれれば、ことわれなかった。

——いのちにかえても、お約束《やくそく》します。

殿《との》さまと奥方《おくがた》さまは子どもたちを呼《よ》んだ。

——おまえたち、いまからおばあさまの家へ遊《あそ》びに行きなさい。

——おばあさまのお家《うち》はおもしろいわよ。大きなお鍋《なべ》があるからね。それでスープをつくってもらいなさい。わたしたちもいただいたことがあるのよ。それはおいしいの。そう、それからお魚の料理《りょうり》もいただくといいわ。これはほかのだれもつくれないおいしさなの。

おばあさまは〈夕陽《ゆうひ》のしずく〉を胸《むね》の大きなポケットにいれ、四人の子どもたちといっしょに館《やかた》を出た。丘《おか》の中腹《ちゅうふく》から湖《みずうみ》へ、なんども折《お》れ曲《ま》がる迷路《めいろ》のような道を通って下っていった。

おばあさまはふだんから足がおそかった。気がせけばせくほど足がおそくなるようだった。四人の子どもたちは男の子と女の子がふたりずつ。いちばん下の男の子のあぶなっかしい歩きかたのほうが、おばあさまの足よりよっぽどはやかった。

五人が湖《みずうみ》につくと、湖《みずうみ》の底《そこ》からおばあさまの島《しま》がうかびあがってくる。それを見て子どもたちはよろこんだ。

——わあ！　水のなかからういてくる！

――卵型《たまごがた》のおうち？　すてき！

――あ！　近づいてくる！

――どんどんかわいていくわ！　煙突《えんとつ》から煙《けむり》！　ほら見て！

家にはいると、おばあさまはすぐにスープと魚料理《りょうり》の用意《ようい》をはじめようとした。どうしてとりたての材料《ざいりょう》があるのかと子どもたちはふしぎがった。この家の時間は、水のなかではとまっている、だからなにも古くならない、とおばあさんはこたえた。

そのときとつぜん、入江《いりえ》をゆるがすおおぜいの声がひびきわたった。敵《てき》が攻《せ》めはじめたのだ。

――お母さまとお父さまがあぶない！

敵《てき》がせまっているとしっていたらしい四人の子どもたちは、「お父さま」「お母さま」とさけびながら家を飛《と》び出《だ》していった。

――待《ま》ちなさい！　行ってはいけない！

おばあさまの足は、一歩も動《うご》かなかった。

――待《ま》ってください！　もどるのです！　もどりなさい！　もどってくださいよう！

やがて戦《たたか》いの声が消《き》え、おばあさまは足をなだめなだめ、家を出た。はうように岸辺《きしべ》を登《のぼ》りながら、なんども息《いき》をのんだ。

――ああ、お館《やかた》がもえている。

――あああ、なんてむごいんだろう！

そして子どもたちの名をなんども呼《よ》んだ。

敵《てき》は、攻《せ》めるのも、戦《たたか》うのも、ひきあげるのもはやかった。あたりには、生きている者《もの》はひとりもいなかった。そして、子どもたちは見つからなかった。

よろよろと島《しま》の家にもどってきたおばあさまは、くずれるようにいすに腰《こし》をおろし、テーブルにつっぷした。胸《むね》のポケットの小箱《こばこ》がつかえた。小箱《こばこ》を取《と》り出《だ》して、ふたをあけた。〈夕陽《ゆうひ》のしずく〉は、いっきに年老《としお》いたおばあさまの、顔を見た。

――お子たちが生きているなら、きっとここにもどってくる……。

そうつぶやいて、おばあさまは箱《はこ》のふたをとじた。そして箱《はこ》をどこかにおいた。

「それから箱《はこ》の中の〈夕陽《ゆうひ》のしずく〉は、そこにずっとおかれたきりだった。ずいぶん時間がたったんだと思うな。なんどもなんども、うかびあがったりしずんだりした。きっとおばあさまは子どもたちがもどってきてはいないかと、しょっちゅう地上に出てはようすをうかがっていたんだろうね。そうやって、年をとっていったんだ。きっとね。

あるとき、赤い石は箱《はこ》から出された。おばあさまは前に見たときよりももっと年をとっていた。髪《かみ》はまっ白でのびほうだい。目と顔が赤かった。こちらを、つまり赤い石をじっと見て、ためいきをついてね。まるで石が、生きている話《はな》し相手《あいて》みたいな感《かん》じで、話しはじめたんだ。話しあってるふりをしたかったのかな、だれかと」

――心配《しんぱい》しないで……。だれのせいでもない……。わたしはだいじょうぶ。待《ま》ち続《つづ》けるよ。あのお子たちはきっと帰ってくる。……ほかになにができるっていうんだい？　わたしは約束《やくそく》したんだ。お子たちに料理《りょうり》を食べさせるってね。水の精《せい》はぜったいに約束《やくそく》を守《まも》るんだからね。でなきゃ、生まれかわることもできないじゃないか。

「そのときから、ときどき赤い石は箱《はこ》から出されて、おばあさまの話を聞かされるようになったんだ。でもね、生まれかわる時期《じき》はすぎていたんだと思うよ……。すこしずつ、思い出せないことなんかが

ふえてきて、ね。石を相手《あいて》に話しこんだら、いつだってちゃんともとの箱《はこ》にしまっていたのに、何日もそのまま出しっぱなしにするようになったりしてね……」

——おや、〈夕陽《ゆうひ》のしずく〉、あなた、こんなところに出しっぱなしにされていたのねえ。ごめんなさいよう。あなたのおばあさまは、このごろずいぶんわすれっぽくなってしまってねえ。いいえ、だいじょうぶですよう。魚もハーブもタマネギも、いつだって新鮮《しんせん》、いつだってとれたてを用意《ようい》してありますからねえ。

しってる？　四人の子どもたちに食べてもらうことになってるの。四人の子どもがスープをのんでえ、魚を食べるの。そしたらねえ、いいことがおこるのさあ。わたしがね、生まれかわるの！　ほんとだよお。トゲウオみたいに、ピチピチの娘《むすめ》っ子にね、わたしがだよう。

「こんな日のことも、石はおぼえているよ」

――聞いてちょうだい〈夕陽《ゆうひ》のしずく〉。きょうの昼に子どもたちがとうとうやってきてくれたんだあ。何十年ぶりかねえ。四人よ。ちょうど四人。それも家の中までやってきたんだ。それなのに、逃《に》げだすのよう。どうしてなんだろ。ねえ、どうしてなんだろ。

『待《ま》ってください！　もどるのです！　もどりなさい！　もどってくださいよう！』

どうしてなんだろ。わたし、そうさけんだら泣《な》けてきたんだよう。

わたしはね、スープをのんでくれて、魚料理《りょうり》を食べてくれれば、それでいいんだよ。

ああ……。それにしても、いったいどういうわけで、わたしは子どもたちにスープをのませなければならないのかねえ。どうして魚料理《りょうり》をふるまわなければいけないのかねえ。きっと、呪《のろ》いだね、きっと。そうしなければ、呪《のろ》いがとけないんだねえ。……ああ、もう、待《ま》ちくたびれちまったねえ。

「そんなことが何回もあってね。ああ、家まではいってこない子どもをかんじょうにいれると何十回もあるんだけどさ。何年ぶりだか何十年ぶりだか、もしかすると何百年ぶりかもしれないけど、こんなことがあったんだ」

――いいことがあったのよう。きょう、ここに男の子がきたの、聞いてたでしょ？　ほっほう！　はっはあ！

スープ、のんでくれたあ。魚の料理《りょうり》も食べてくれたあ。おいしかったって！　いい子だったよう。ついついたくさんおしゃべりしたなあ。魚のとりかたを教えてあげたり、魚の料理《りょうり》のしかたまで教えてあげたんだよう。うれしかったなあ。たのしかったなあ。

あと、三人だよ！　ほら、わたしが生まれかわるまで！

「おばあさまは、いろんなことをわすれていったけれど、四人の子どもにスープと魚料理《りょうり》ってことだけはおぼえていて、それを果《は》たそうと、ひっしになって生きてきたんだね。それで、いまの男の子から百年くらいたって、つい最近《さいきん》のこと」

――おしかったよう。ふたりいっしょにきたんだよう。そっくりのふたぁりが。

でもね、あのふたりはこの近くにすんでるみたいだったよ。だからね、なんとか考えればもういちどきてくれるかもしれないねえ。

ふたごは、あ、と口をあけました。

「そのふたりって……！」

「もしかして、わたしたちのこと……？」

スキッパーはうなずきました。

「それでしばらく考えて、思いついたらしいんだ」

――〈夕陽《ゆうひ》のしずく〉、役《やく》に立ってくれるよねえ。子どもは、そう、とりわけ女の子はきらきら光るものって好《す》きじゃないか。ね。そうそう、あなたは役《やく》に立たなくちゃいけないんだよ。あなたを目につくところにおいておくの。そう。あの水の精《せい》の像《ぞう》がのっかっていた台がいい。それを見て、あの子たちがくるでしょう。ああ、カラスが持《も》っていったりしないように、つるでしばっておくから、だいじょうぶ。ね、〈夕陽《ゆうひ》のしずく〉あのふたりをつれてきてちょうだい。おねがいですよう。今《こん》度《ど》は逃《に》がさないから。今度《こんど》は、……そうだ、船をとじこめるから。ね。だからきっと、だからきっと、つれてきてちょうだい。

11　三人は大きなサカナを見る

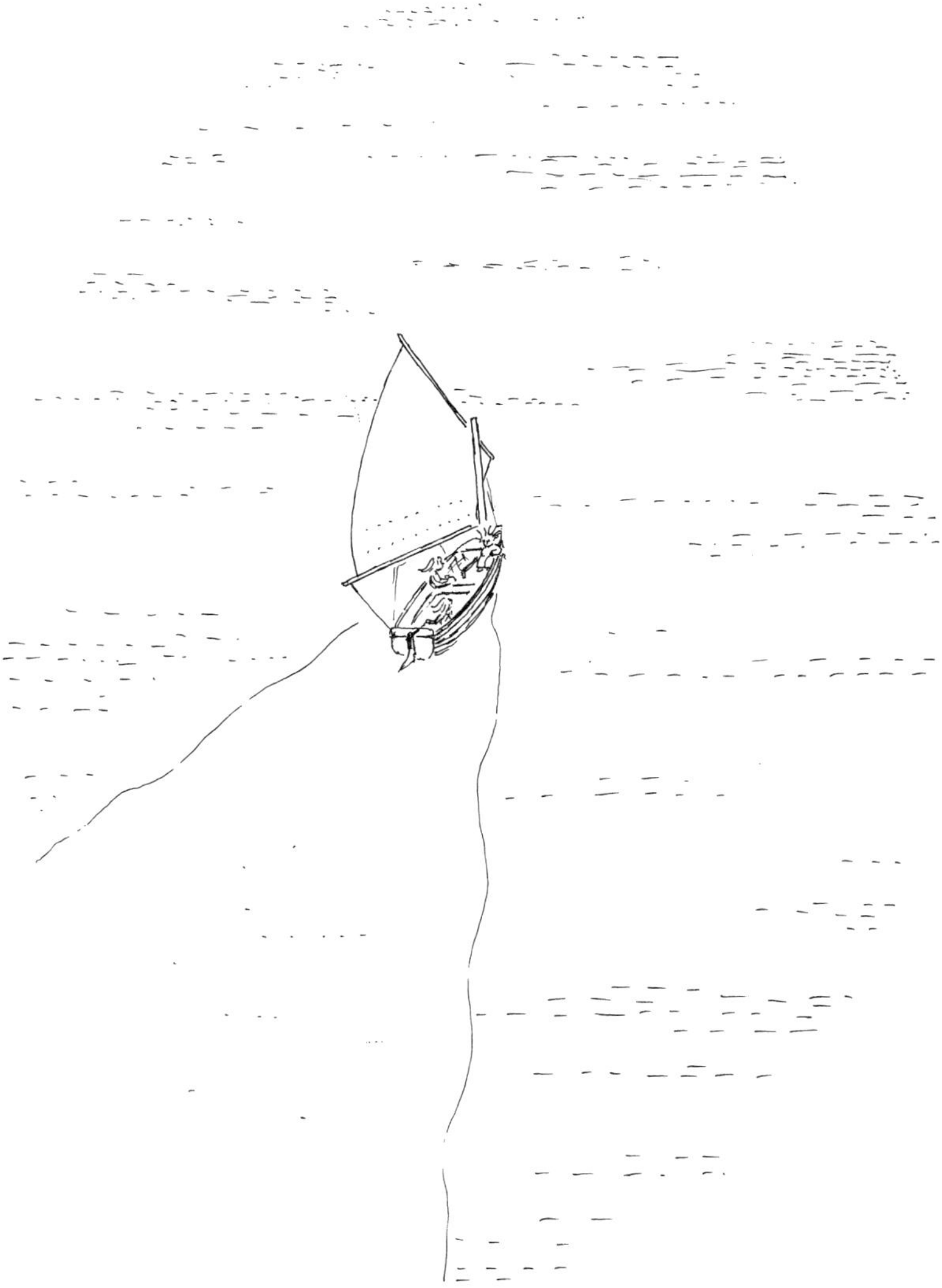

「そんなことをぜんぶ、ぼくはあのとき、石を手に握《にぎ》ったときにね、しってしまったんだ。だから、スープと魚の料理《りょうり》をちゃんと食べなくちゃいけないって思ったんだ」

スキッパーが話し終《お》わっても、ふたごはしばらく口がきけませんでした。

おだやかな風が、ゆっくりとヨットを東に進《すす》め、スキッパーの下で船首《せんしゅ》が水を押《お》しわけるやさしい音がしていました。

「なんて、すごい話……」

ようやくクッキーがぽつんというと、キャンデーも低《ひく》い声でいいました。

「水の精《せい》のおばあさま、だったんだ。沼婆《ぬまばあ》さんじゃなくて」

「水の精《せい》がいるなんて考えたこともないひとたちが、沼婆《ぬまばあ》さんの話をつくっちゃったんだね、きっと」

と、スキッパーがうなずいたとき、船のずっとうしろのほうで、大きな魚がはねるのが見えました。ふたごが水の音にふりかえったときには、もう見えませんでした。

「いまの音、なに？」

キャンデーがたずねました。

「大きな魚、ぼくたちくらいの大きさ」

とスキッパーがこたえると、ふたごはすぐにいいました。

「うそ」

「そんなに大きな魚、見たことがない」

「でも、ぼく、トワイエさんの家の前を流《なが》れる川で、これくらいの魚、見たことがあるよ」

スキッパーは両《りょう》手《て》を広げました。

「うそ」

「そんなに大きいの、いるわけない」

見たんだけどな、とスキッパーがだまりこんだすぐあと、とつぜん船《ふな》べりに、なにかが、ザバッとあがってきました。

スキッパーもふたごも、びっくりして、反対側《はんたいがわ》の船《ふな》べりに、思わずからだをひきました。ヨットは大きく横《よこ》ゆれしました。水からあがってきたのは、どうやら女の子のようでした。船《ふな》べりによりかかるようにつかまって、船の三人を見くらべるように見ました。ぬれてはりついた髪《かみ》が、見るまにかわいていきました。

「あ、あ、あんた、だれ？」

「い、い、いままで、もぐってた？」

ふたごがやっとたずねました。スキッパーは、その女の子がだれなのか、わかったように思いました。

女の子はスキッパーに目をとめました。

「スキッパー……」

どうして名前をしっているのかとおどろくスキッパーに、女の子は右手をさし出しました。その手を広げると、赤い石がありました。

「これ…、もらって……、ほしい……」

スキッパーはそれにはこたえず、たずねました。

「おばあさまが生まれかわったの？」

女の子がうなずくと、ふたごがさけびました。

「水の精《せい》だ！」

「ほんとに生まれかわった！」

スキッパーは首をかしげました。

「生まれかわると新しい命《いのち》と新しい心、じゃなかったの？　水の精《せい》は、生まれかわっても、前のことをおぼえていられるの？」

女の子は首を左右にふりました。

「水の精《せい》は…、たったひとりで……、生まれる……。だから…、ことばとか…、いろんなことを…、まわりの水とか……、土とか……、モノとかが教える……。〈ユラ

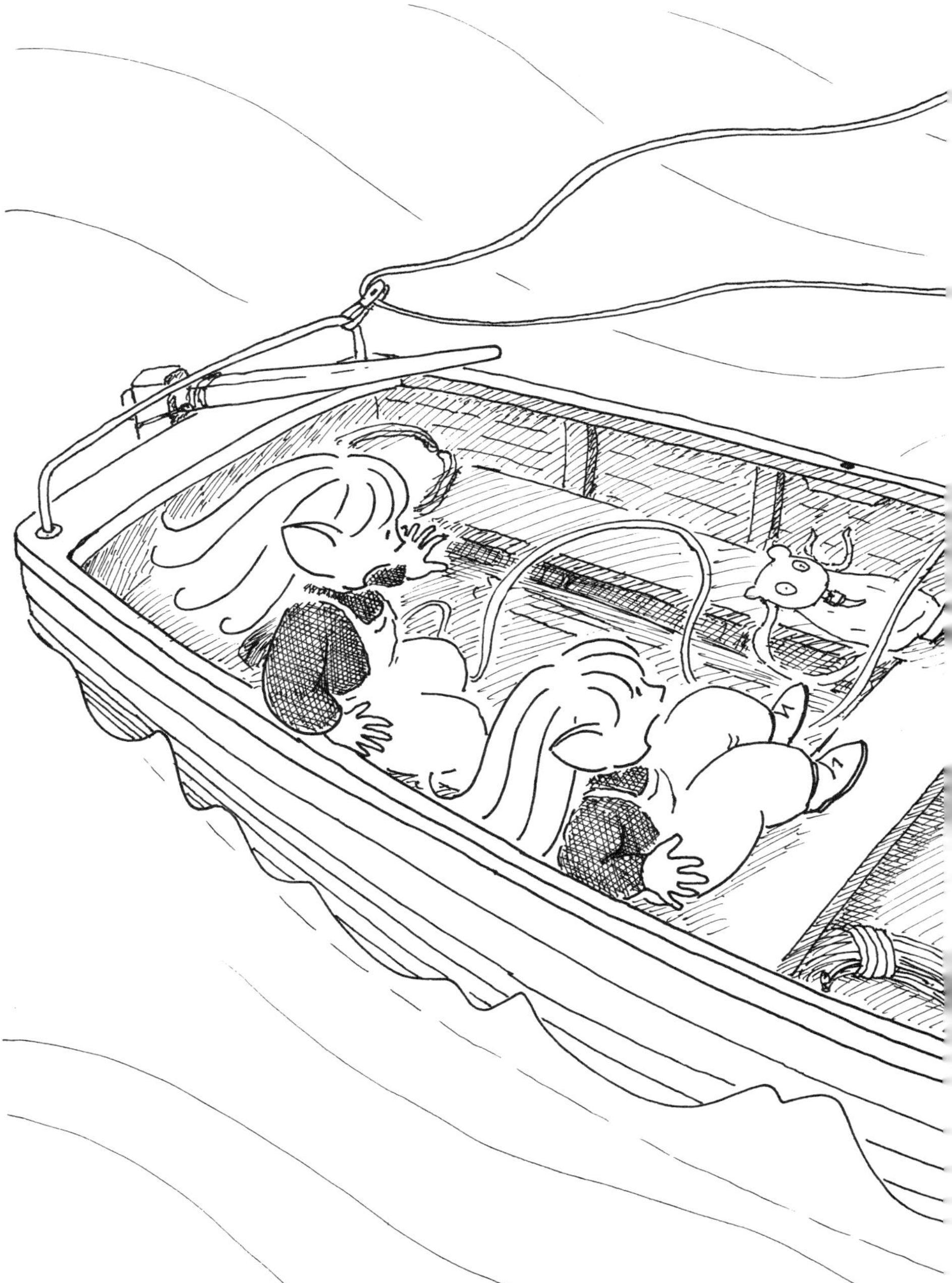

の入江《いりえ》〉といってくれた…スキッパーのこと…、この石が教えた……」

石が読めたんだ、とスキッパーがつぶやくのといっしょに、ふたごがいいました。

「じゃあ、クッキーのことも教えてくれた？」

「じゃあ、キャンデーのことも教えてくれた？」

女の子はふたりを見て、かるくうなずきました。

「沼婆《ぬまばあ》さんがあらわれたと思って……、スキッパーにこの石をあげたことも…、教えてくれた…」

このひとことで、ふたごはすこしおとなしくなりました。

「でも…、あなたたちがいないと……、生まれかわることはできなかった…。ありがとう……」

と、つけたされて、ふたごは「そのとおり」と胸《むね》をはりました。

スキッパーがいいました。

「これ、おばあさまの大切な石だったんでしょ。きみが持《も》っているほうがいいんじやないの？」
女の子は、きっぱりとこたえました。
「これ、ヒトの世界《せかい》のモノ…、
それに…、おばあさまはおばあさま…、
わたしはわたし……」
そして、手のひらをかたむけていきました。あわててスキッパーは、石が落《お》ちないように手を出しました。その手に石をのせるとき、女の子の手がスキッパーの手にふれました。石はつめたかったけれど、手はあたたかく感《かん》じました。
「ありがとう」

スキッパーがおれいをいうと、はじめて女の子はにっこり笑《わら》い、

「わたしも……、ありがとう…」

と、いったあと、船《ふな》べりからすっとしずんでいきました。

思わず三人がそちらの船《ふな》べりから水のなかをのぞきこみ、ヨットがもういちど大きくかたむきました。もうすこしで水がはいってくるところでした。

三人が見たのは、透明《とうめい》な水の中で、女の子が大きな魚に姿《すがた》をかえるところでした。足を下にして深《ふか》みにしずみながら両腕《りょううで》をひとかきして身《み》をひるがえすと、またたくまに魚のからだになり、ゆらゆらともぐってもぐって、やがて見えなくなりました。

しばらく水の深《ふか》みを見続《みつづ》けてから、三人はからだをおこし、顔を見あわせました。

「もしもスキッパーが、ユラの入江《いりえ》っていわなかったら」

と、キャンデーがつぶやくと、クッキーがうなずいて続《つづ》けました。

「いまの子は、生まれなかったかも」

そういわれてスキッパーは、きゅうにこわいような気持《きも》ちになりました。そのとおりです。その呼《よ》び名《な》を使《つか》わなければ、ユラの入江《いりえ》の水の精《せい》は死《し》に絶《た》えていたはずです。いちどなくせば、とりかえしのつかない命《いのち》を、スキッパーはあずかっていたのです。

「ああ、そうか」とクッキーはうなずきました。「だからスキッパーはおばあさまに、入江《いりえ》の名前を呼《よ》び続《つづ》けるっていったんだ」

キャンデーがひとさし指《ゆび》を立てました。

「わたしたちも、あのあたりをユラの入江《いりえ》と呼《よ》ぼう！」

クッキーもひとさし指《ゆび》を立てました。

「ほかのひとたちにも教えよう！」

スキッパーもうなずきました。みんながその名前を呼《よ》び続《つづ》けているかぎり、水の精《せい》は安心《あんしん》してヒトの姿《すがた》になれるのですから。バーバさんに話そう、とスキッパーは思いました。バーバさんは水の精《せい》の話をしんじてくれるでしょうか。しんじてくれるようにも、しんじてくれないようにも、思えました。

12 みんなはミハルの香《こう》草《そう》焼《やき》を食べる

ヨットがふたごの島《しま》にもどると、ドアの前に紙きれが、石をおもしにしておかれていました。

西の岸《きし》に残《のこ》してきた紙きれを水の精《せい》が持《も》ってきたのか、と三人とも思いましたが、べつのものでした。

「きょうは、紙きれを石でとめるのがはやっている」

と、クッキーがいいました。二回あったからといって、はやっているというのはいいすぎだとキャンデーは思いましたが、いいませんでした。なにが書いてあるのか、はやく読みたかったのです。

「トワイエさんのメモ用のノートをやぶったんだ」

と、スキッパーがつぶやきました。

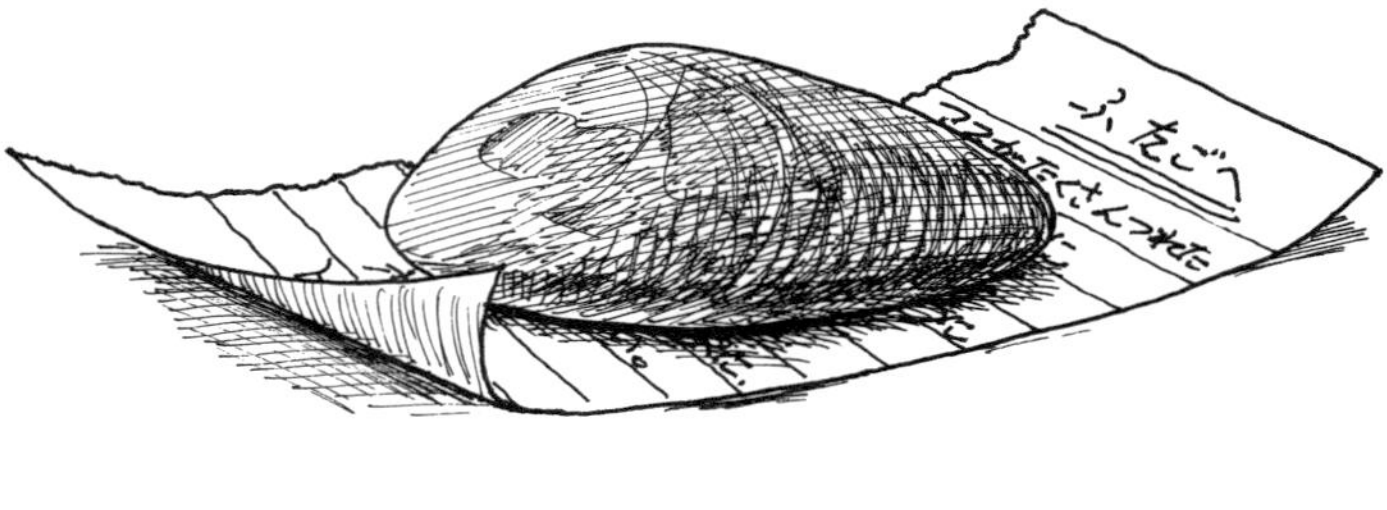

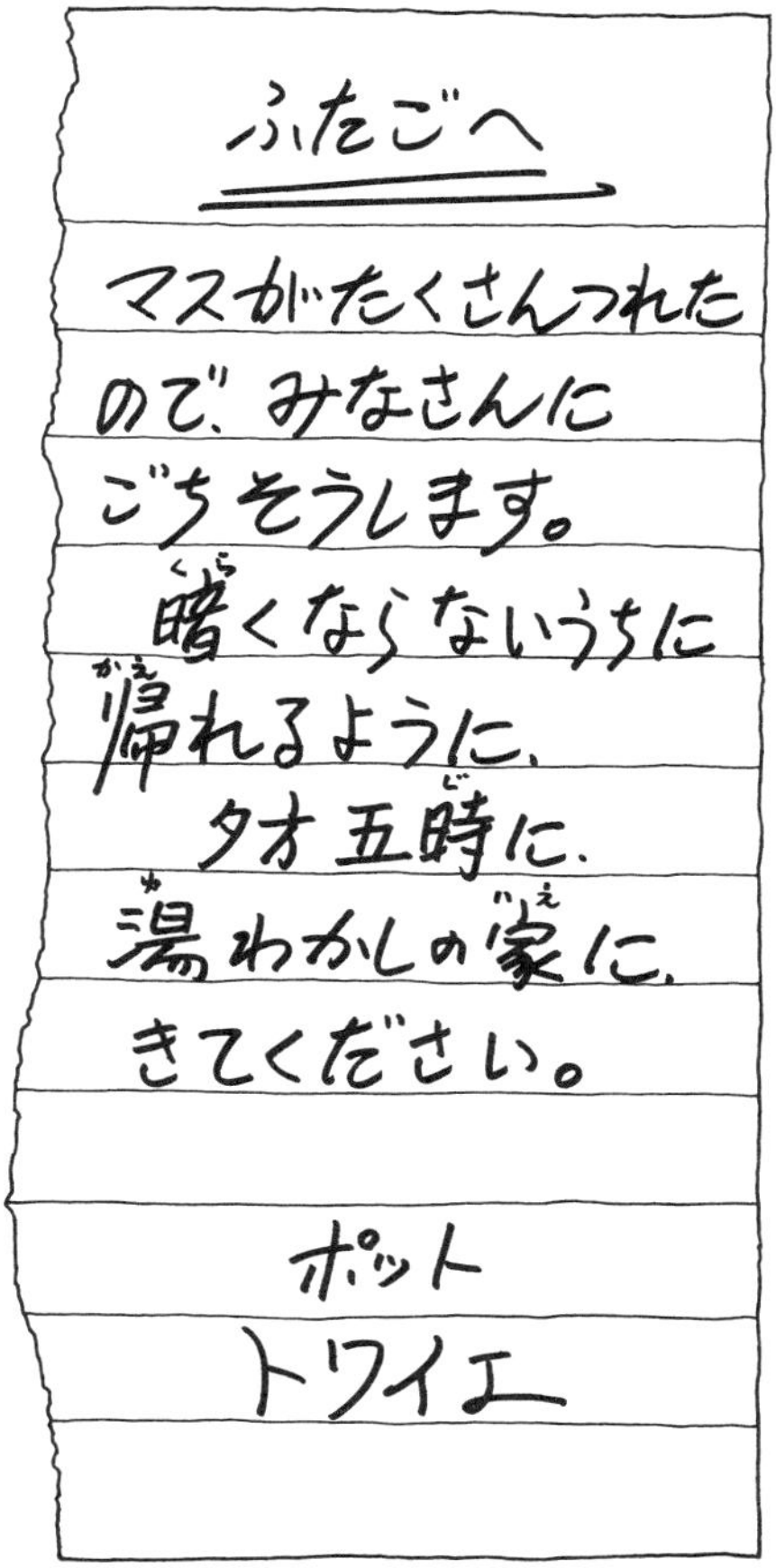
ふたごへ
マスがたくさんつれた
ので、みなさんに
ごちそうします。
暗《くら》くならないうちに
帰《かえ》れるように、
夕方五時《じ》に、
湯《ゆ》わかしの家《いえ》に、
きてください。
ポット
トワイエ

三人は顔を見あわせました。

「また魚料理《りょうり》……」

と、クッキーがいいました。

「夕方までに、おなかすかないと思う」

キャンデーもいいました。おばあさまのスープと魚料理《りょうり》だって、おなかがすいていたから食べたのではなく、あまりのおいしさについ食べてしまったのです。きょうは昼ごはんを二回食べたのです。

「どうする？」

クッキーがキャンデーの顔を見ました。

「どうする？」

キャンデーはスキッパーを見ました。

招待《しょうたい》されてるのはきみたちだろ、とスキッパーは思いました。スキッパーがだまっていると、クッキーがいいました。

「おばあさまの魚料理《りょうり》よりもおいしい料理《りょうり》が出るとは思えない」

キャンデーも言いました。

「こんな日にさそわれるなんて運《うん》がわるい」

ふたりは行きたくないようだなとスキッパーが思っていると、話はこう続《つづ》きました。

「でもデザートはなんだろう」

「デザートだけいただく手もある」

「『お魚は、お昼間にいただきましたの』という」

「『水の精《せい》がお料理《りょうり》してくださいましたの』という」

「それにきまった」

「デザート、デザート」

スキッパーがウニマルにもどると、甲板《かんぱん》から部屋《へや》にはいるドアに、おなじことを書いた紙がはさまっていました。スキッパーはかるくためいきをついて、いいました。

「デザート、デザート」

こそあどの森にすむ人たちが、湯《ゆ》わかしの家に集《あつ》まりました。

ふたごは計画どおりに、

「お魚は、お昼間にいただきましたの」

「水の精《せい》がお料理《りょうり》してくださいましたの」

といったのですが、おとなたちは「はい、はい」とか「そういうだろうと思ったよ」とかいって、本気にしてくれませんでした。

「ほんとうに、お昼間……」

「ほんとうに、水の精《せい》が……」

と、しつこくいっていると、トマトさんがふたりをつかまえていいました。

「食べものに好《す》ききらいをいってはいけません。あなたたちはおかしみたいなものばかり食べているんでしょう？　お魚も食べなくちゃ。ポットさんのお魚料理《りょうり》はとびっきりのおいしさなんだから」

ふたごはスキッパーに助《たす》けをもとめました。

「スキッパー、昼間のこと、話してよ」

「スキッパー、水の精《せい》のこと、話してよ」

スキッパーは、しんじてもらえないだろうなと思いながらいいました。

「トマトさん、ほんとうなんです。ぼくたち三人は、きょうの昼間、水の精《せい》に魚料理《りょうり》を……」

トマトさんは、もう聞きたくないというふうに頭をふりました。

「スキッパー、あなたまでそんなことをいうの？　あなたもふだんは缶《かん》づめ料理《りょうり》ばかり食べているんでしょう？　いいこと、スキッパー、どうしてもきょうは魚料理《りょうり》を食べなくちゃいけませんよ」

スミレさんは肩《かた》をすくめました。

「かたよった食事《しょくじ》は、かたよった子ども

をつくるわね」

ギーコさんがスミレさんにいいました。

「ぼくも子どものころは、あんまり魚料理《りょうり》が好《す》きじゃなかったな」

スミレさんはうなずきました。

「だからギーコさんは、かたよってるんです」

そのとき薪《まき》ストーブのオーブンの前で耳をすましていたポットさんが、みんなをだまらせました。

「しっ、静《しず》かに」

オーブンのなかから、ポッポポッ、ポポポッ、ポポッ……と、なにかが爆《は》ぜる音が聞こえてきました。スキッパーは首をかしげ、ふたごは動《うご》きを止めました。

「なんの音？」

スミレさんがたずねるのにポットさんは小声で
「あとで」

とだけこたえ、耳をすませ続《つづ》けました。ポポッという音が聞こえなくなったとき、ポットさんがつぶやきはじめました。

「イタダキマス、キノイノチ、クサノイノチ、サカナノイノチ。イタダキマス、キノイノチ、クサノイノチ、サカナノイノチ。イタダキマス、キノイノチ、クサノイノチ、サカナノイノチ」

そしてオーブンの扉《とびら》をひらきました。こうばしくてさわやかで、深《ふか》みのあるいい匂《にお》いが広がりました。

「まあ！　なんていい匂《にお》い！」

「そうでしょ！　匂《にお》いだけで、もうおいしいってわかるでしょ！」

「いや、すばらしい！　独特《どくとく》のかおりですね、ええ」

スキッパーとふたごは顔を見あわせ、息《いき》をのんでいました。なにかが爆《は》ぜる音、ポットさんがつぶやいたことば、それにこの匂《にお》い……。昼間のおばあさまの料理《りょうり》とまったくおなじだったのです。おとなたちはオーブンのまわりに集《あつ》まり、魚とつけ

あわせの野菜《やさい》を皿《さら》にとりわけながら興奮《こうふん》した声をあげています。

「ポットさん、教えて！　塩《しお》、コショウ、ニンニク、オリーブオイルはわかるわ。ハーブはなにを使《つか》っているの？」

「腹《はら》のなかに新鮮《しんせん》な星麝香草《ほしじゃこうそう》と青苦姫《あおにがひめ》。魚の上にイシノヒメグルミをおいておくってのが大切なんだ」

「イシノヒメグルミ？　あんなに固《かた》い実《み》を？」

「そう。さっきの音はイシノヒメグルミがはじけ散《ち》った音さ。ミハルが焼《や》けたころあいに粉々《こなごな》にはじける。そしてこうばしくてさわやかな味《あじ》をつけるんだ」

「じゃあ、さっきつぶやいていたのは、なにかのおまじない？」

「ああ、あれね。はじけ終《お》わったあと、扉《とびら》をあける前に、イタダキマス、キノイノチ、クサノイノチ、サカナノイノチって、三回くりかえすようにいわれたんだ」

「だれに？」

「この料理《りょうり》はじいちゃんが教えてくれたんだよ」

「そういえば、ポットさんのおじいさんは、ええ、サカナを釣《つ》りあげるときにも、『いただきます』って、いったんですよね」

おとなたちの話は続《つづ》いています。

ふたごとスキッパーは、目を大きくして、もういちど顔を見あわせていました。

「(ポットさんのおじいさんって……!)」

「(前に沼婆《ぬまばあ》さんのところにきた……!)」

「(ひとりめの子……!)」

皿《さら》をテーブルに運《はこ》びながら、スミレさんがいいました。

「じゃあ、ポットさんのおじいさんが考えたことばなのね」

「いや、だれかに聞いたんだと思う。じいちゃんはいつもいってたんだ。この世《よ》でいちばん大切なのは、〈聞くこと〉だって」

「ああ、こういうことではないですか？　おじいさんが、ものをいわないはずの木《き》の実《み》や、草や、サカナの声を、んん、聞いていたから、そういうことばが、ええ、出てきた、と」

トワイエさんがそういったとき、ふたごがさけびました。

「ポットさんのおじいさんにその料理《りょうり》を教えたひと、わたしたち、しってる！」

「そう！　教えたのは沼婆《ぬまばあ》さん！」

おとなたちは、とつぜん話にわりこんだふたごをふりかえりました。

「沼婆《ぬまばあ》さん……？　あの？」

ポットさんがつぶやくと、ふたごたちは声をそろえました。

「そう、あの！　ぬ、ぬ、ぬ、ぬ……」

「ああ、うたわなくていいからね。沼婆《ぬまばあ》さん。そうかもしれんな」ポットさんはにっこりとふたごにうなずいてみせてから、みんなにいいました。「さあ席《せき》について。ミハルを食べよう！」

ふたごは本気にされていないことがわかって、ぷっとほっぺたをふくらませました。そして、みんながいすにすわってから、しぶしぶ席《せき》につきました。

「では、キノイノチとクサノイノチとサカナノイノチを、いただきましょう」

トマトさんがそういって、みんなはナイフとフォークを手にとりました。

岡田 淳（おかだ・じゅん）

1947年兵庫県に生まれる。

神戸大学教育学部美術科を卒業、西宮市内で教師をつとめる。

1981年『放課後の時間割』で日本児童文学者協会新人賞。

1984年『雨やどりはすべり台の下で』で産経児童出版文化賞。

1987年『学校ウサギをつかまえろ』で日本児童文学者協会賞。

1988年『扉のむこうの物語』で赤い鳥文学賞。

1991年『星モグラサンジの伝説』でサンケイ児童出版文化賞推薦。

1995年「こそあどの森の森語」１～３の三作品で野間児童文芸賞。

1998年「こそあどの森の物語」１～３の三作品が
　　国際アンデルセン賞オナーリストに選定される。

この他に『ムンジャクンジュは毛虫じゃない』『ようこそおまけの時間に』『二分間の冒険』『びりっかすの神様』『選ばなかった冒険』『ふしぎの時間割』『竜退治の騎士になる方法』『もうひとりのぼくもぼく』『プロフェッサーＰの研究室』などの作品がある。

(『扉のむこうの物語』『星モグラサンジの伝説』『こそあどの森の物語』シリーズは理論社刊。『もうひとりのぼくもぼく』は教育画劇刊。『プロフェッサーＰの研究室』は17出版刊。他はいずれも偕成社刊。)

こそあどの森の物語⑧
ぬまばあさんのうた

NDC913
A5判　22cm　192p
2006年1月 初版
ISBN4-652-00618-7

作者　岡田 淳
発行者　鈴木博喜
発行所　株式会社 理論社
〒101-0062　東京都千代田区神田駿河台2-5
電話　営業 03-6264-8890
　　　編集 03-6264-8891
URL　https://www.rironsha.com

2025年2月第11刷発行

装幀　はた こうしろう
編集　松田素子

岡田 淳の本

「こそあどの森の物語」 ●野間児童文芸賞 ●国際アンデルセン賞オナーリスト

～どこにあるかわからない“こそあどの森”は、すてきなひとたちが住むふしぎな森～

①ふしぎな木の実の料理法《りょうりほう》
スキッパーのもとに届いた固い固い“ポアポア”の実。その料理法は…。

②まよなかの魔女《まじょ》の秘密《ひみつ》
あらしのよく朝、スキッパーは森のおくで珍種のフクロウをつかまえました。

③森のなかの海賊船《かいぞくせん》
むかし、こそあどの森に海賊がいた？　かくされた宝の見つけかたは…。

④ユメミザクラの木の下で
スキッパーが森で会った友だちが、あそぶうちにいなくなってしまいました。

⑤ミュージカルスパイス
伝説の草カタカズラ。それをのんだ人はみな陽気に歌いはじめるのです…。

⑥はじまりの樹《き》の神話《しんわ》 ●うつのみやこども賞
ふしぎなキツネに導かれ少女を助けたスキッパー。森に太古の時間がきます…。

⑦だれかののぞむもの
こそあどの人たちに、バーバさんから「フー」についての手紙が届きました。

⑧ぬまばあさんのうた
湖の対岸のなぞの光。確かめに行ったスキッパーとふたごが見つけたものは？

⑨あかりの木の魔法《まほう》
こそあどの湖に恐竜を探しにやって来た学者のイツカ。相棒はカワウソ…？

⑩霧《きり》の森となぞの声
ふしぎな歌声に導かれ森の奥へ。声にひきこまれ穴に落ちたスキッパー…。

⑪水の精《せい》とふしぎなカヌー
るすの部屋にだれかいる…？　川を流れて来た小さなカヌーの持ち主は…？

⑫水の森の秘密《ひみつ》
森じゅうが水びたしに…原因を調べに行ったスキッパーたちが会ったのは…？

Another Story

こそあどの森のおとなたちが子どもだったころ ●産経児童出版文化賞大賞
ポットさんたちが、子どものころの写真を見せながら語る、とっておきの話。

Other Stories

こそあどの森のないしょの時間
こそあどの森のひみつの場所
森のひとが胸の中に秘めている大切なできごと……それぞれのないしょの物語。

扉《とびら》のむこうの物語 ●赤い鳥文学賞
学校の倉庫から行也が迷いこんだ世界は、空間も時間もねじれていました…。

星モグラ　サンジの伝説《でんせつ》 ●産経児童出版文化賞推薦
人間のことばをしゃべるモグラが語る、空をとび水にもぐる英雄サンジの物語。